감성의 조각들

감성의 조각들

초판 1쇄 인쇄 2012년 03월 06일
초판 1쇄 발행 2012년 03월 13일

지은이 | 이형락
펴낸이 | 손형국
펴낸곳 | (주)에세이퍼블리싱
출판등록 | 2004. 12. 1(제2011-77호)
주소 | 153-786 서울시 금천구 가산동 371-28 우림라이온스밸리 C동 101호
홈페이지 | www.book.co.kr
전화번호 | (02)2026-5777
팩스 | (02)2026-5747

ISBN 978-89-6023-771-1 03810

이 책의 판권은 지은이와 (주)에세이퍼블리싱에 있습니다.
내용의 일부와 전부를 무단 전재하거나 복제를 금합니다.

감성의 조각들

글·사진 이형락

ESSAY

프롤로그

스무 살 남짓, 어느덧 어른이 되어 가는 길목에 한 발 내딛고, 세상이
라는 경험해 보지 못한 큰 벽을 앞에 두고서 보고 듣고 느끼고 생각
하는 수많은 시간들의 진행형 한가운데 놓여 있습니다.

이 책은 대한민국의 이십 대를 살아가는 저의 기억을 되돌아보고 수
차례의 여행 중 담아 놓은 사진과 그 속 남겨 놓은 시간들의 조각들,
매일 밤을 지새우다시피 하며 나열해 놓았던 고민과 외로움의 조각들,
매일이 새로운 하루하루를 살아가며 느껴왔던 기쁨의 조각, 슬픔의 조
각, 사랑의 조각, 고통의 조각들 그리고 수없이 끄적거리던 글들의 조
각들, 그 수많은 감성의 조각들을 한권의 책으로 묶어 보았습니다.

이 책으로 하여금 지금까지의 저를 돌아보는 하나의 마침표로 삼고
새로운 시작을 염원하고 응원하는 메시지로 남기고자 합니다. 그리고
지금 이 순간 대한민국을 살아가는 이십 대와 또한 앞으로 살아갈 이
들에게 공감과 위로, 희망의 목소리로써 전해졌으면 좋겠습니다.

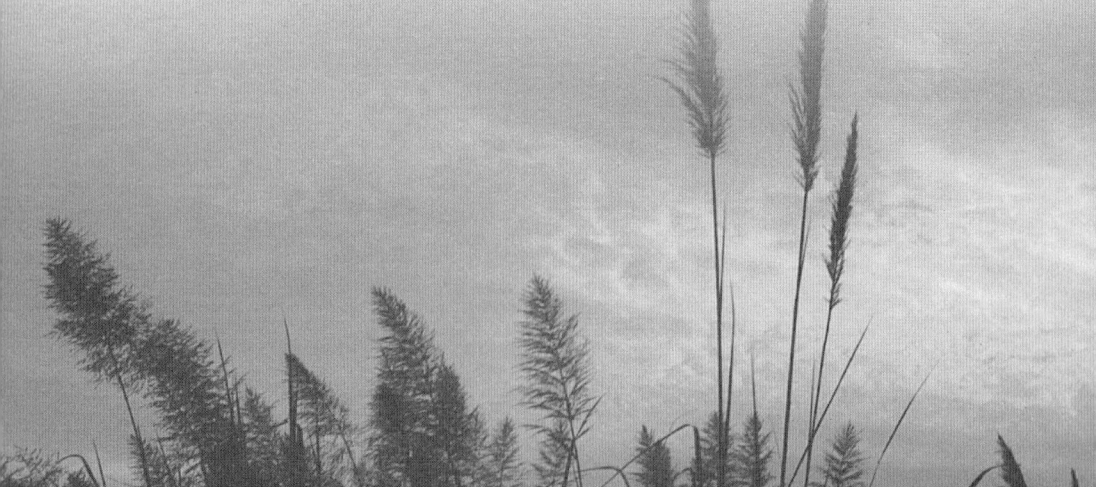

차례

프롤로그

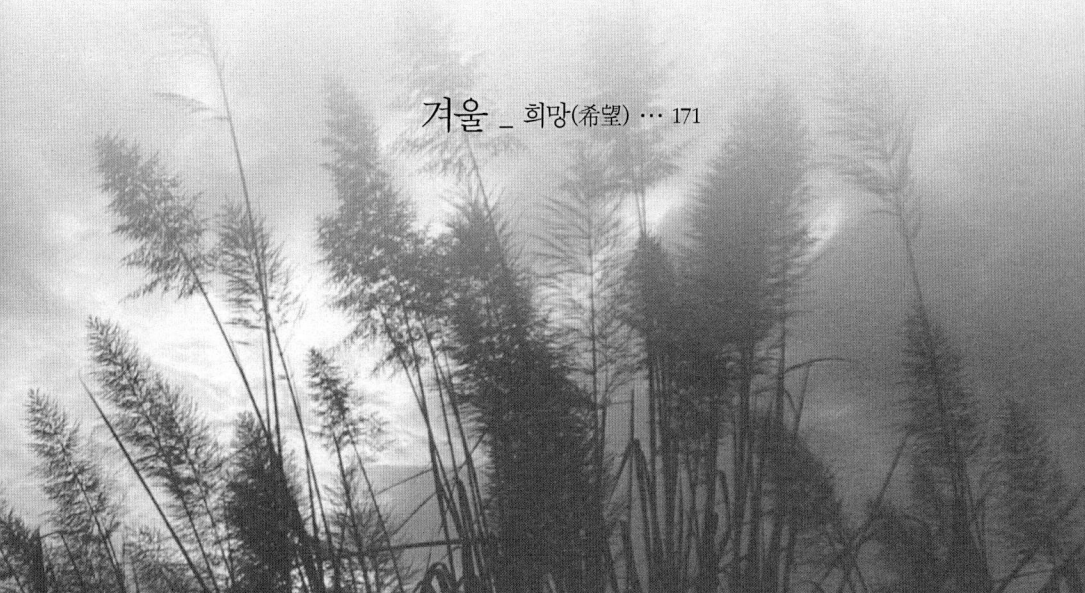

봄

청춘(青春)

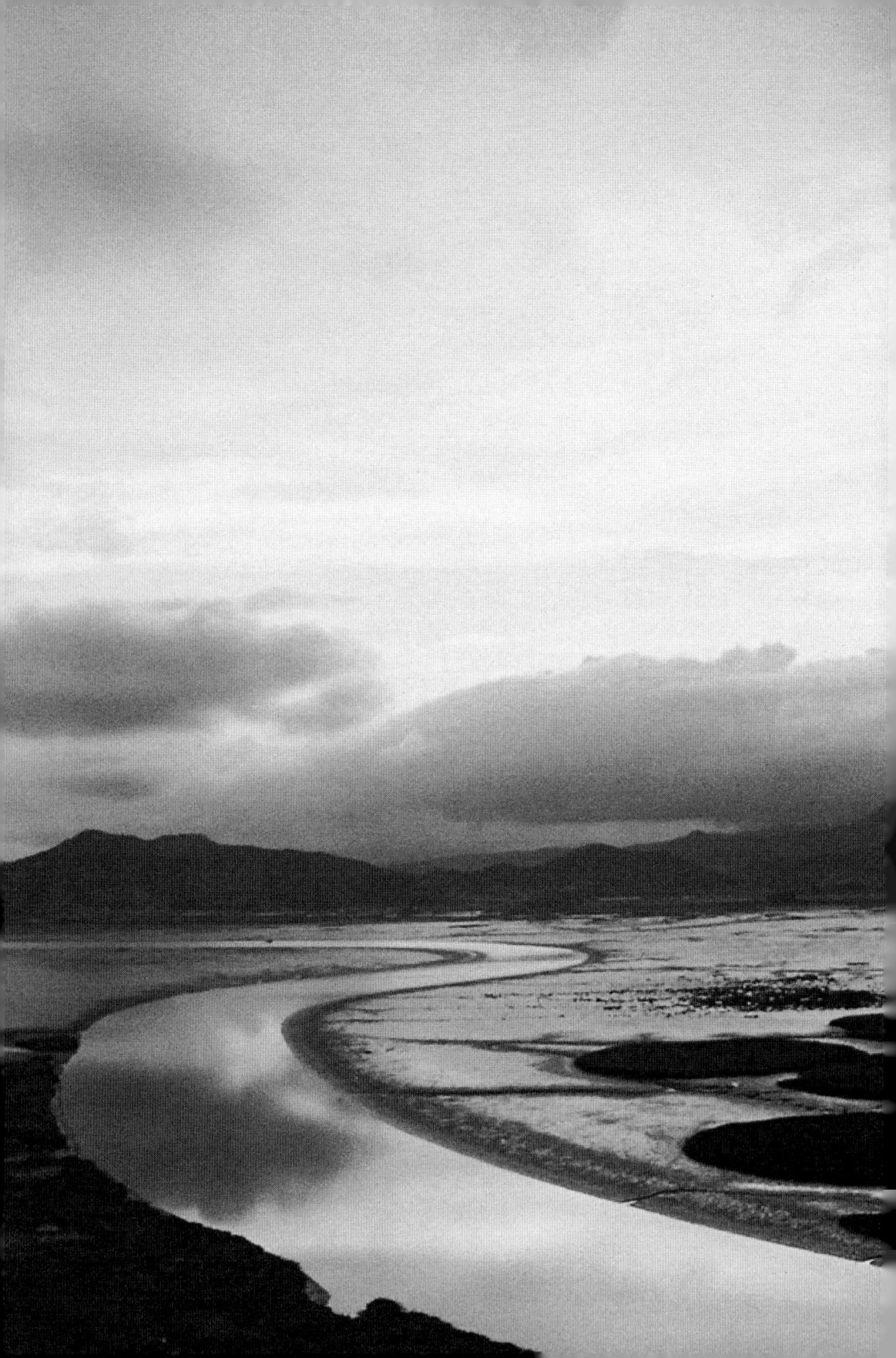

흐르는 강물에서
푸르른 들판에서
드넓은 바다에서

나를 만날 수 없다면
지금 이 순간의 '의미'를
되새겨 보아야 한다.

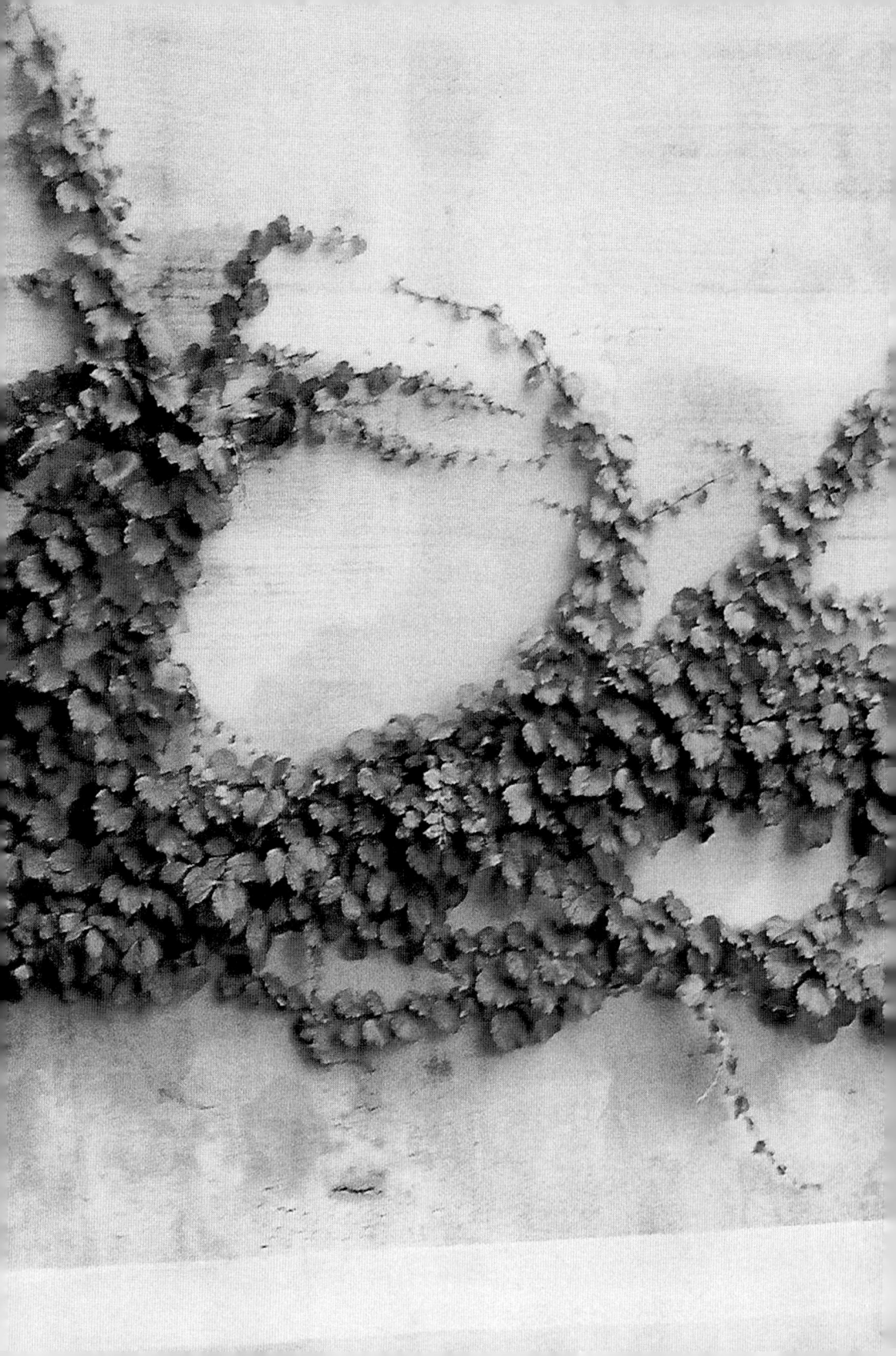

참 맛있는 느낌의 책처럼
참 향기로운 느낌의 봄처럼

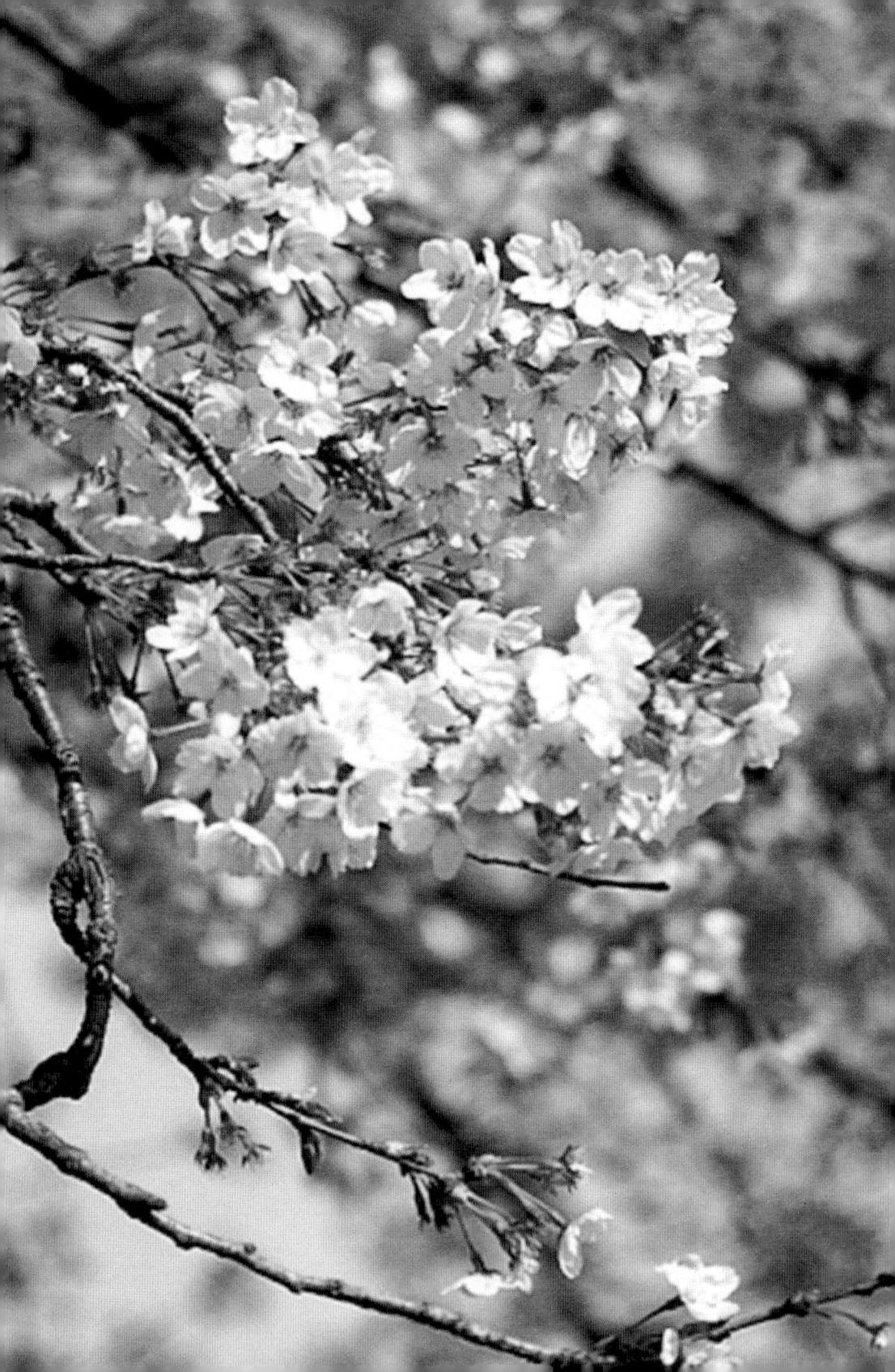

봄바람이
나를 감싸 안고
떠나가려나 보다.

떨어지는 벚꽃만큼이나
늘어지는 몸을 일으킬 바 없고
한낮에 불어오는 봄바람만큼이나
한가로운 오후 나른함이 지속되어 간다.

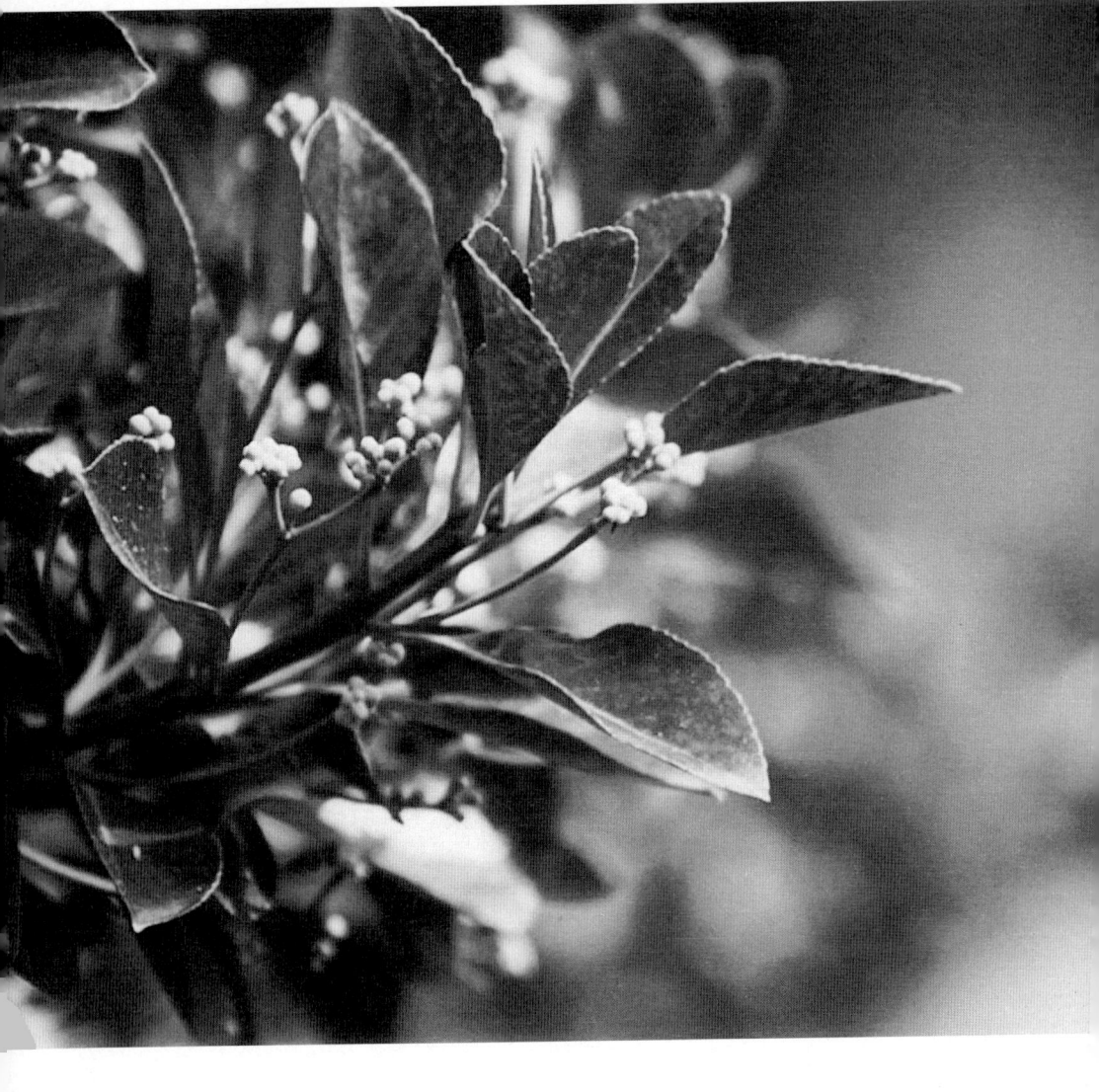

따사로움이 가득한 봄날
겨우내 곳곳에 어려 있던 싸늘함을
포근히 감싸 안아주는 것은
저 태양의 붉음이 아니라

여기저기 피어 오른 새싹의
푸르름이다.

초록은 봄이다

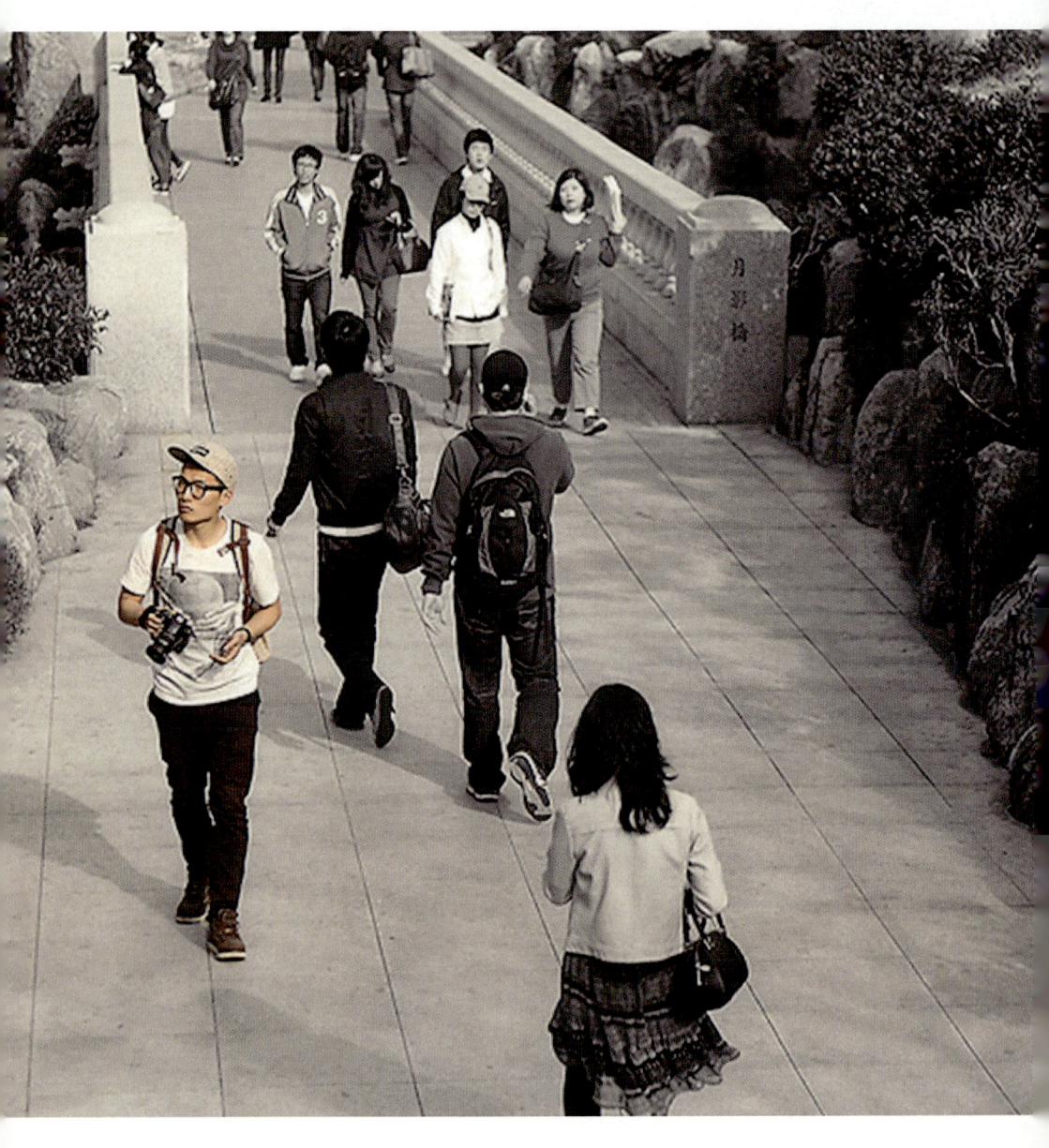

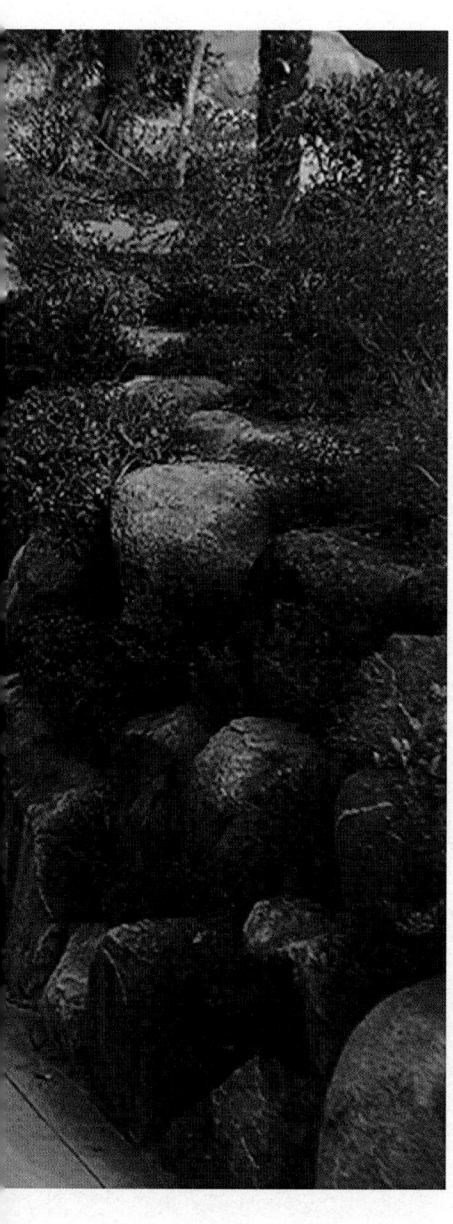

봄바람이 불어오기에
아직 덜 뜬 눈 비벼가며
옷을 입고
카메라를 들고

봄을 담아 돌아왔다.

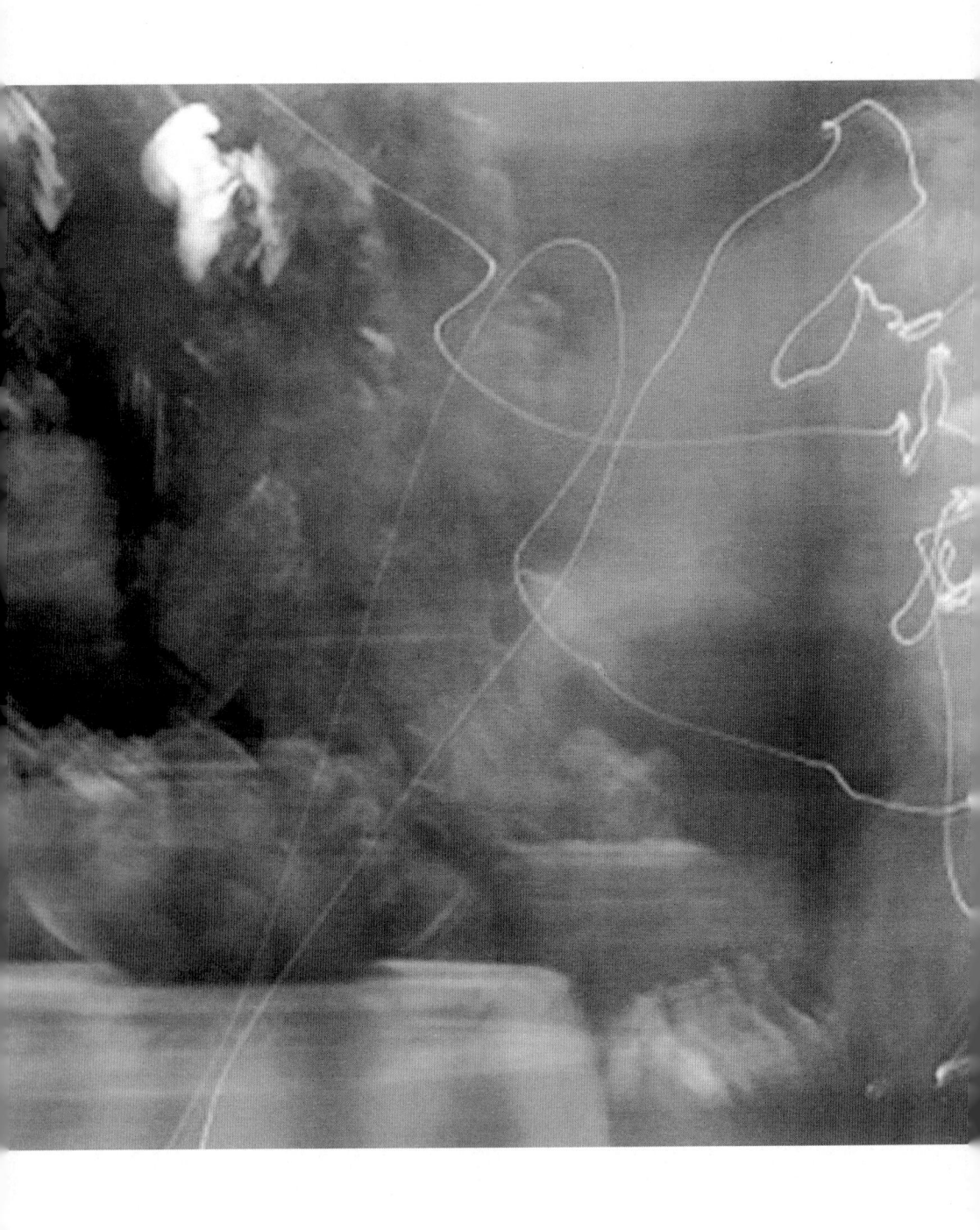

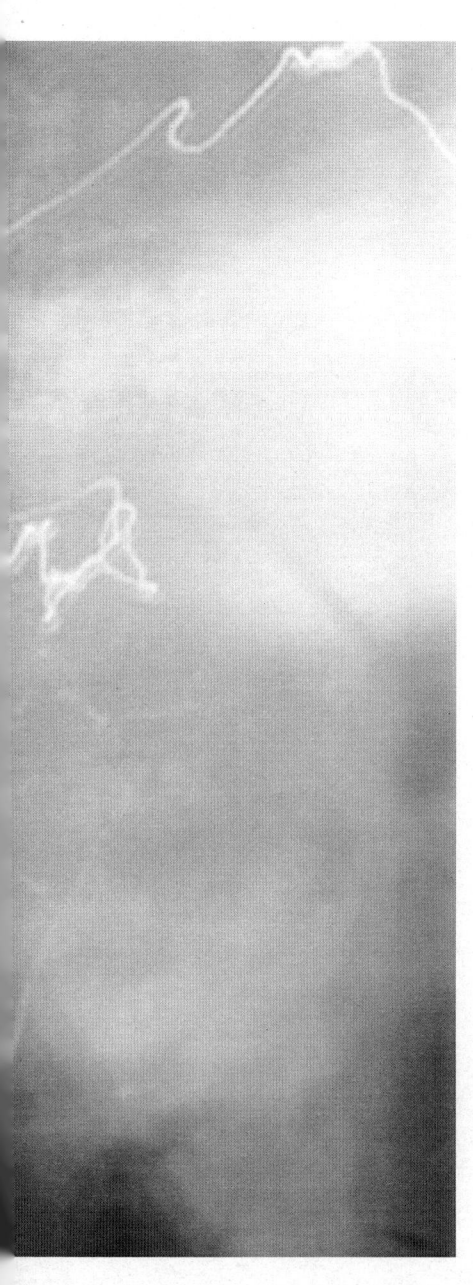

별것 아닌 일에 고집 피우고
스스로를 포장하며 허세도 부리고

그럴듯하게 말하고 있지만
무엇 하나 지켜내는 것 없는
누구나 한때는 그런 시기를 살아간다.

그런 미숙함과 어수룩함이
청춘의 특징인지도 모르겠다.

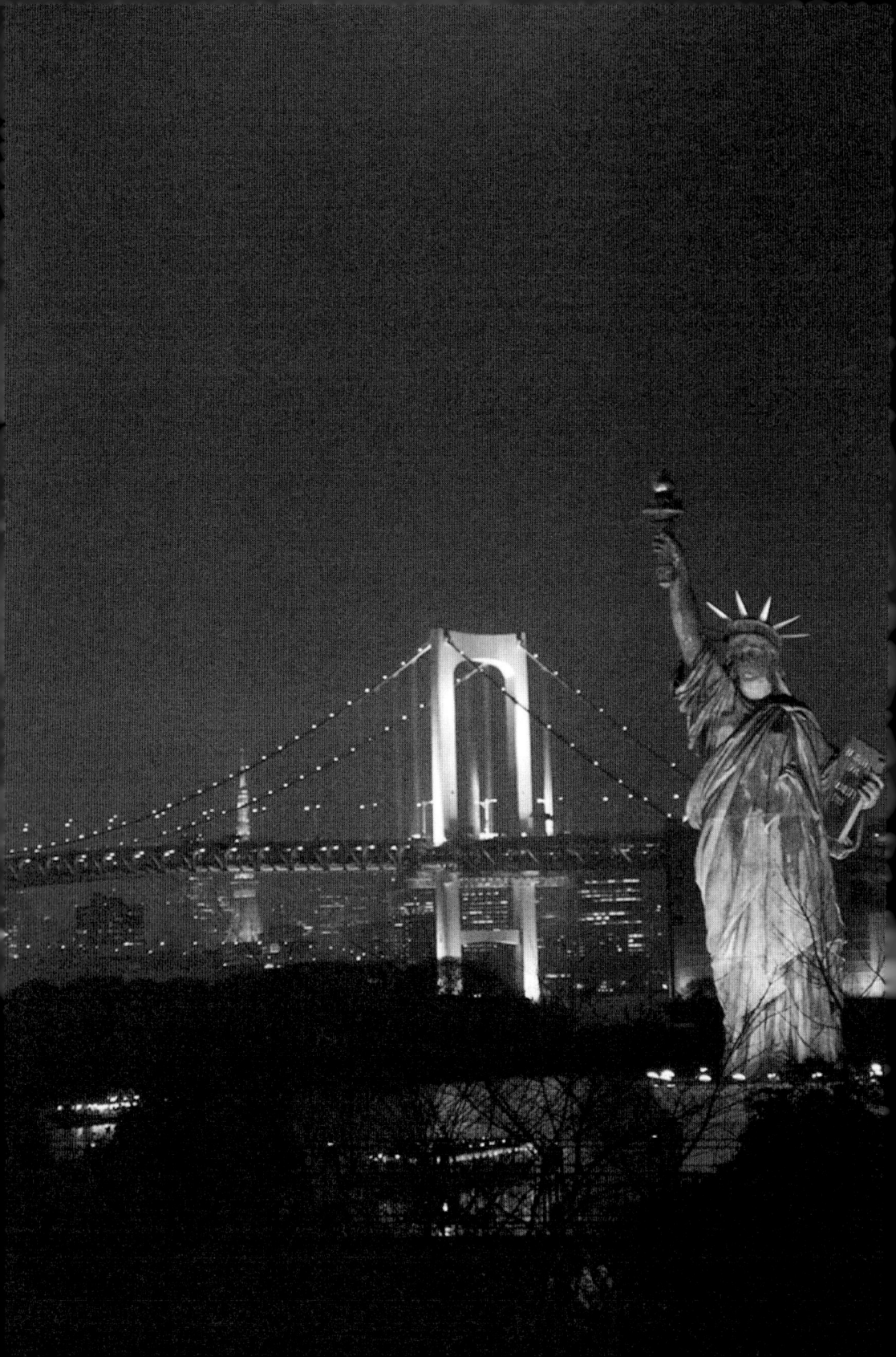

개발에 앞서 계발이 우선 되어야 한다.

모두 다 앞 다투어 살아가는 경쟁과 속도의 사회 속에서
하나 둘씩, 중요한 것을 잊어가고 잃어가는 것 같다.

새로운 것을 이루어내기 전에
본래 자신을 이끌어내야 한다.

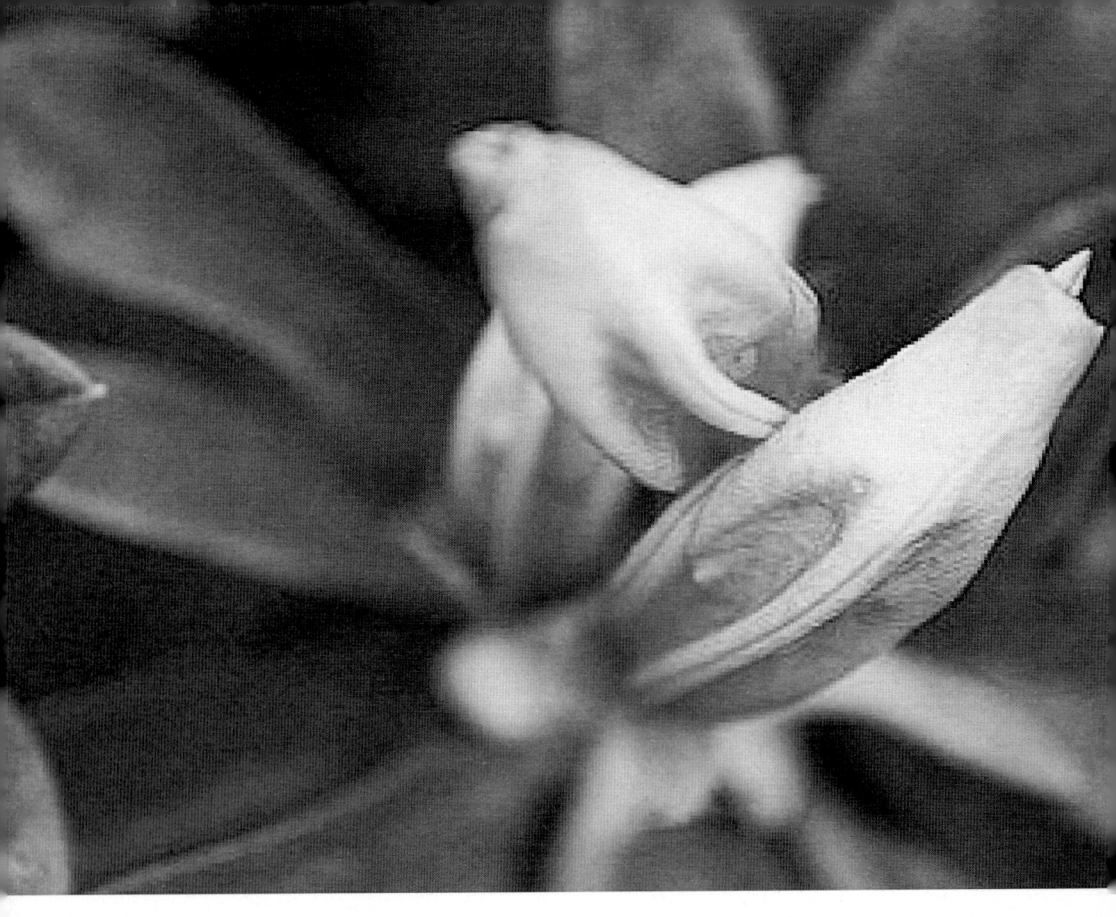

조금은 더딘 개화일지라도
보다 활짝 피어오를 수 있다면.

사람들은 대부분 타인과의 비교를 통해
자신의 현재 위치와 삶의 모습을 판단한다.

하지만,
중요한 것은 피어오르는 꽃의 빠름과 느림이 아니다.

언젠가 되었든 시들지 않고, 꽃 피우면 되는 것이고
그것보다 더 중요한 것은 꽃이 지고 맺히는
열매의 크기와 그 맛이다.

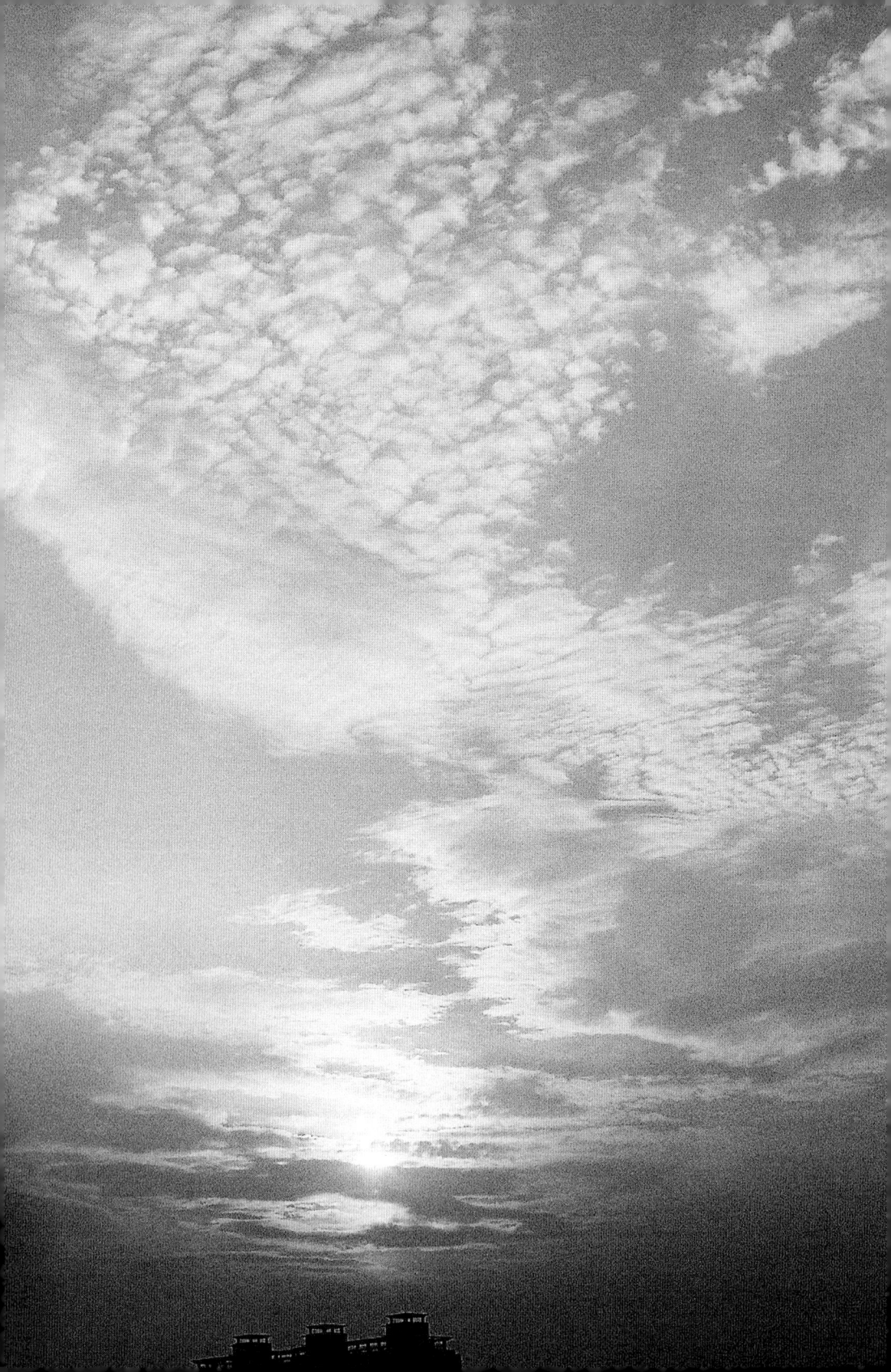

타인의 행복과 나의 행복은
그 기준도 그 가치도 다를 수밖에 없다.

행복은 객관화시킬 수 없는 것이며
자신만의 삶을 살아야 하는 이유이다.

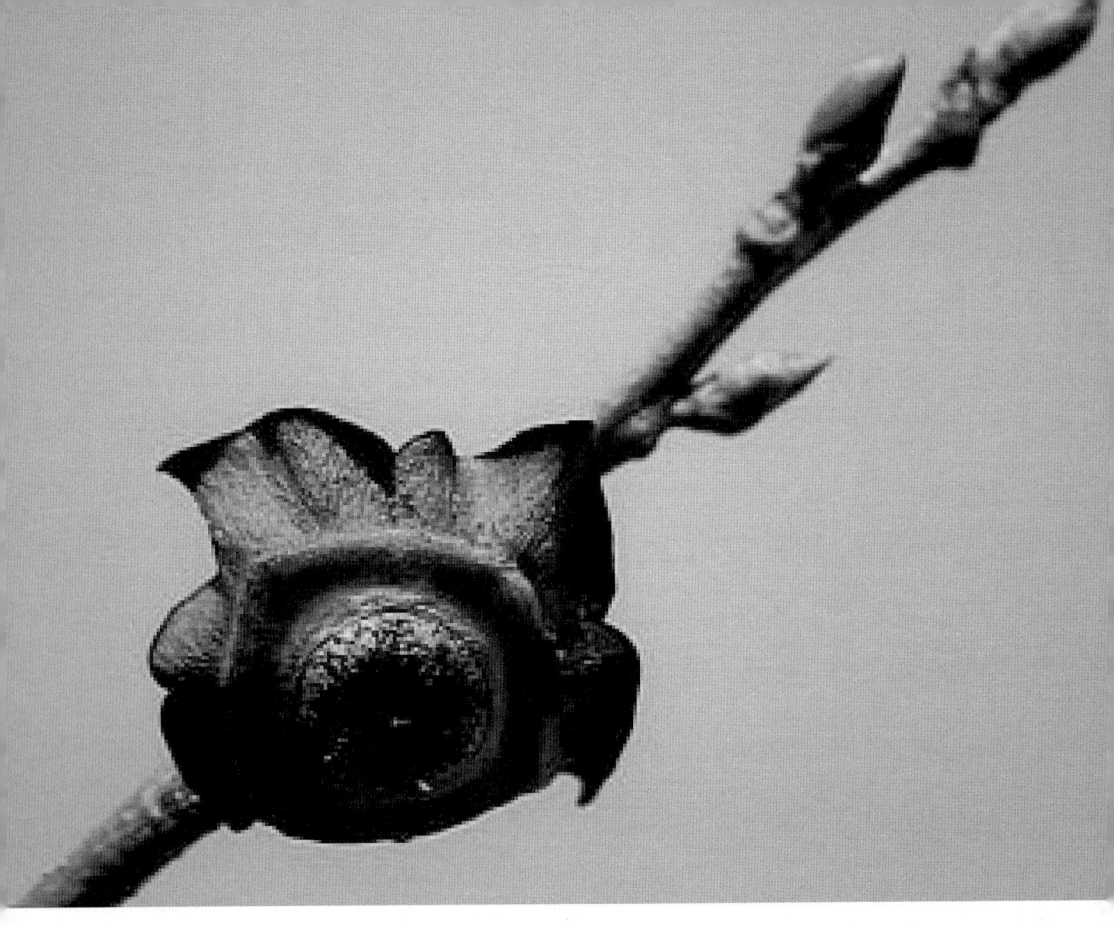

'생'과 '사'는 언제나 함께한다.

무엇인가는 병들고 늙으며 죽어가고
무엇인가는 새로운 생명을 꽃 피운다.

무엇인가는 자신의 자리를 내어 주기에
무엇인가는 새로운 자리에 피어오른다.

꽃이 지기에 열매는 그 자리에 맺히고
열매가 떨어지기에 새싹은 그 자리에 돋는다.

봄이 비켜주어야 여름이 오고
여름이 지나가야 가을이 온다.

기쁨은 슬픔이 끝나는 자리에 기다리고
희망은 고통 속에서 조금씩 자라난다.

그렇게 돌고 돌아 순환하는 것이
생명의 섭리인가 싶어진다.

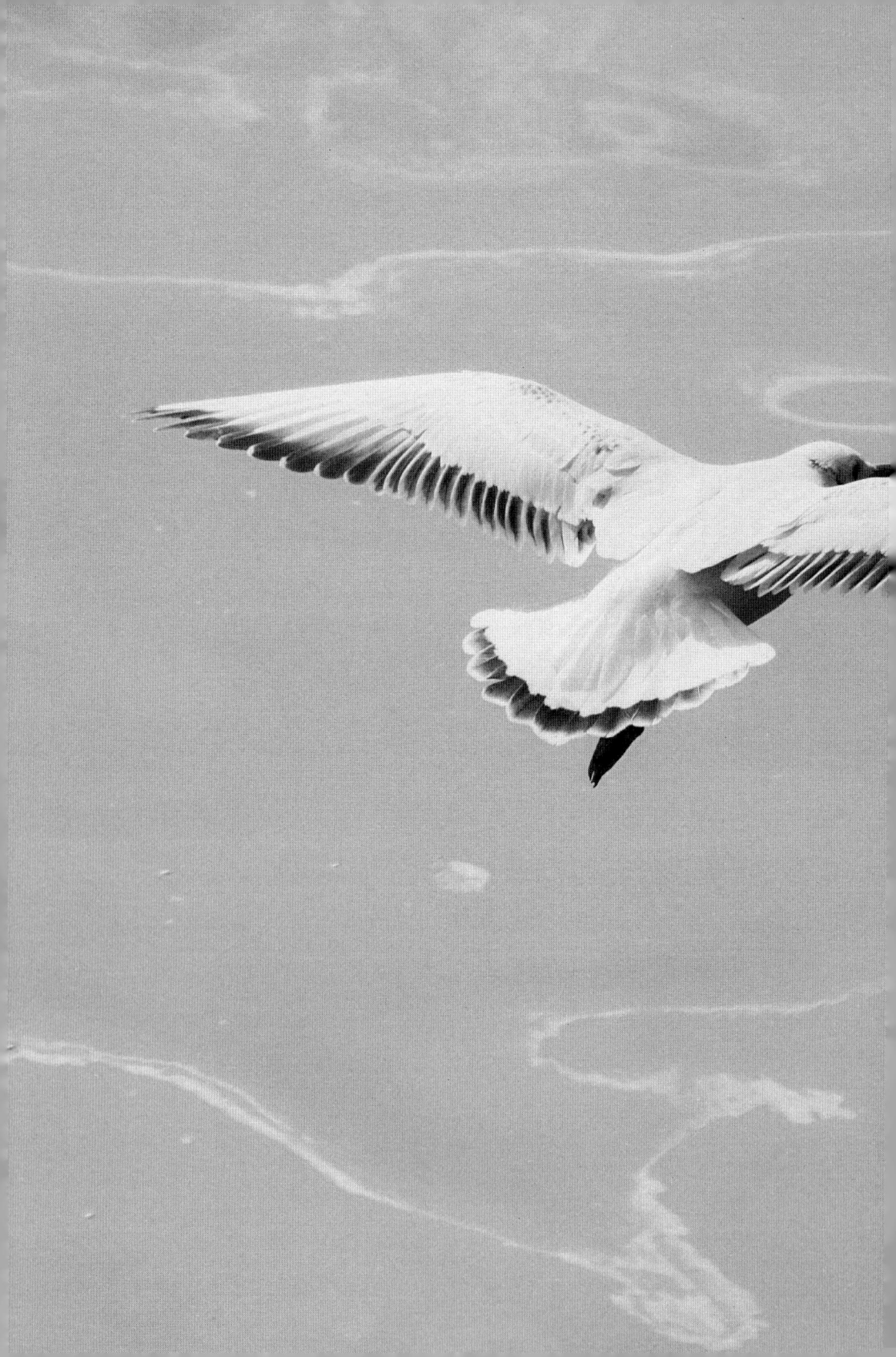

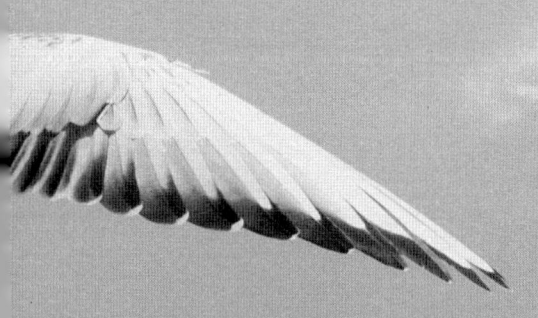

젊기 때문에 도전하는 것은 아니다.
도전할 수 있기에 젊은 것이다.

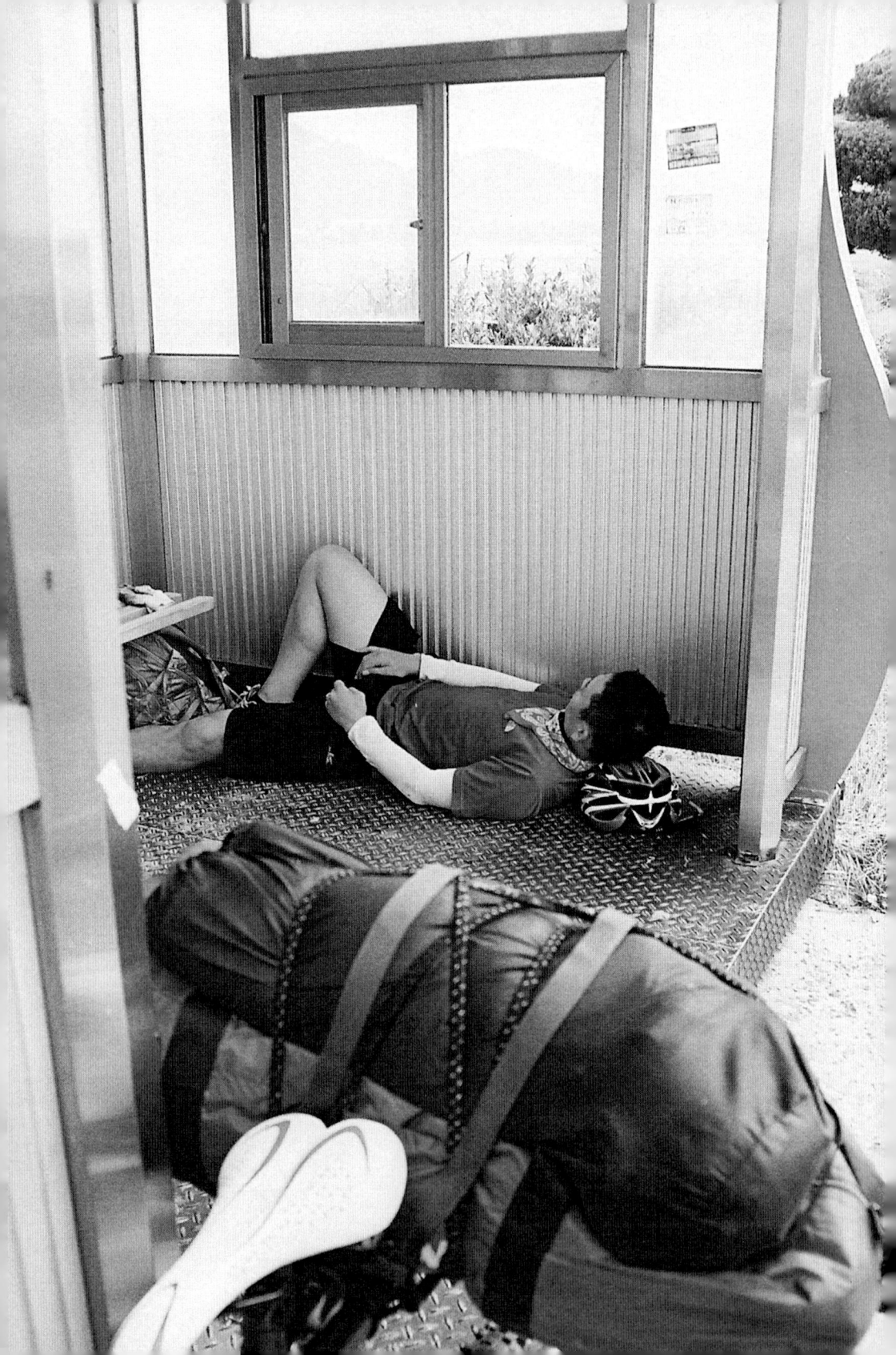

손에 잡힐 듯 내려 온 하늘과
기분 좋게 온몸 감싸주는 바람

흘러내리는 땀방울
입가에 머금는 여유 한 방울

도착을 반기며 넓은 바다
잔잔히 붉게 물들이는 저녁 해
헤어짐이 아쉬워
짙은 안개 헤쳐 나와 배웅하는 아침 해

짧은 시간 수많은 우여곡절을
'참 좋았다.' 한마디로 포장하고

수많은 기억의 책장 속
또 한권 추억이란 제목 붙여
소중한 마음 가득 담아 고이 모셔둔다.

- 자전거로 남해안 횡단 中

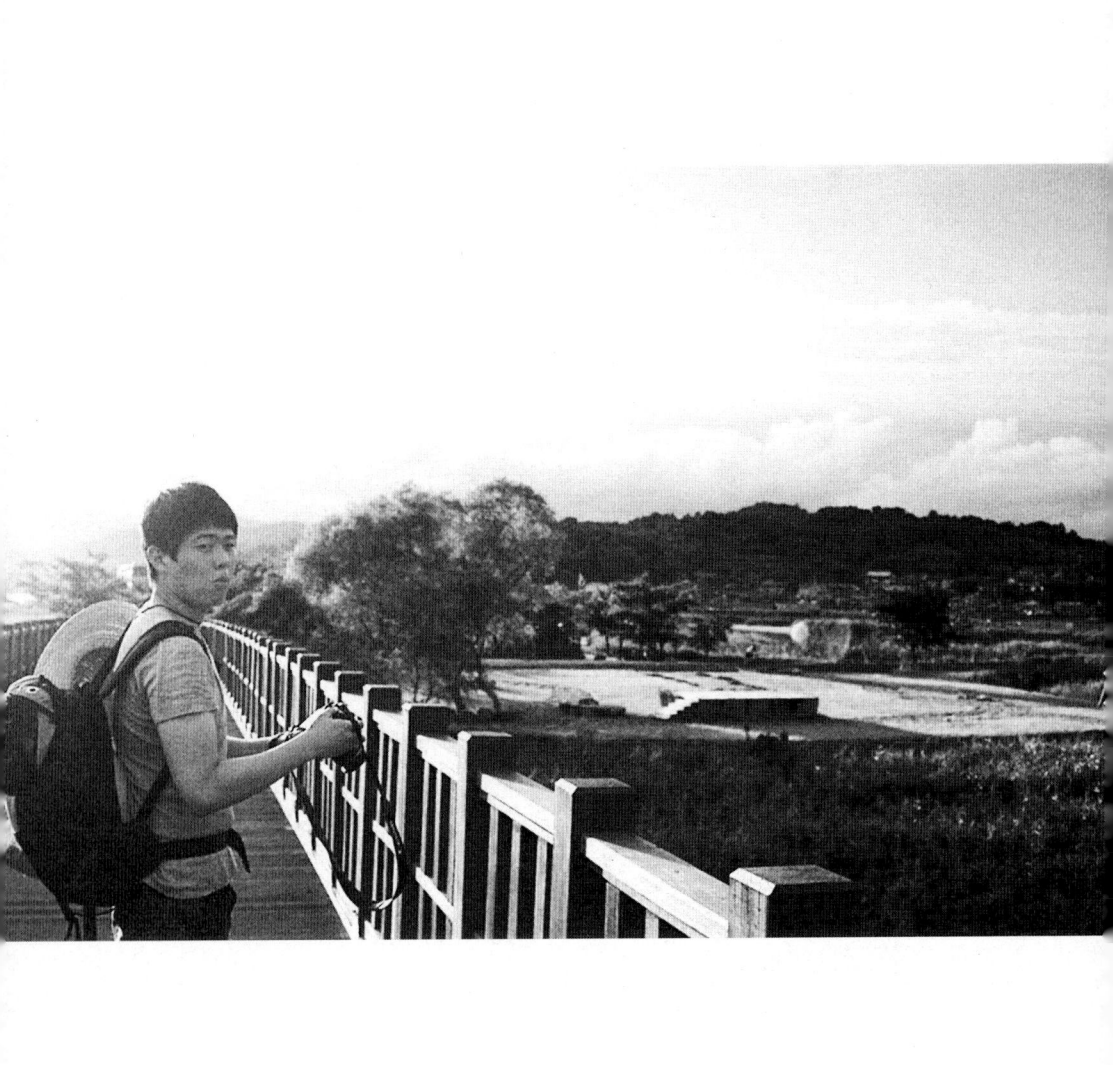

여행이 주는 설렘, 그리고 여유로움은
낯선 타인을 대함에도 포용적이게끔 한다.

잠시 잠깐 길동무가 되기도 하고
진솔한 대화 속에서 뜻밖의 공감을
일으키기도 한다.

여행자의 마음으로 살아간다면
세상 모두는 '친구'가 될 수 있을 것 같다.

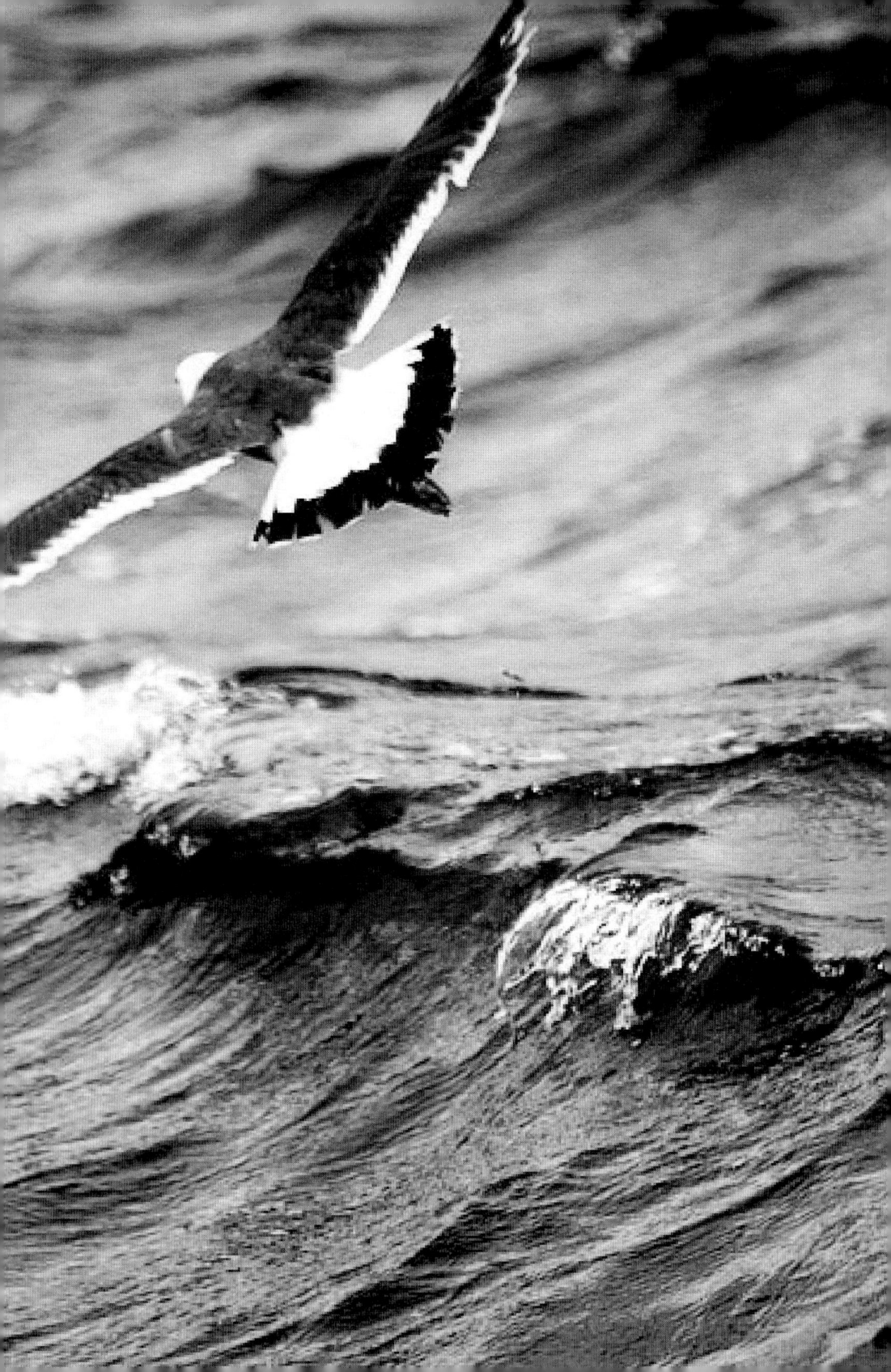

하늘을 나는 새들도 먹이를 얻기 위해서는
깃털이 젖는 것을 두려워하지 않는다.

목표를 위한 목표를 만들어서는 안 된다

더욱이
그 목표를 공허한 삶의 연속 속 위안거리
삼아서는 안 된다.

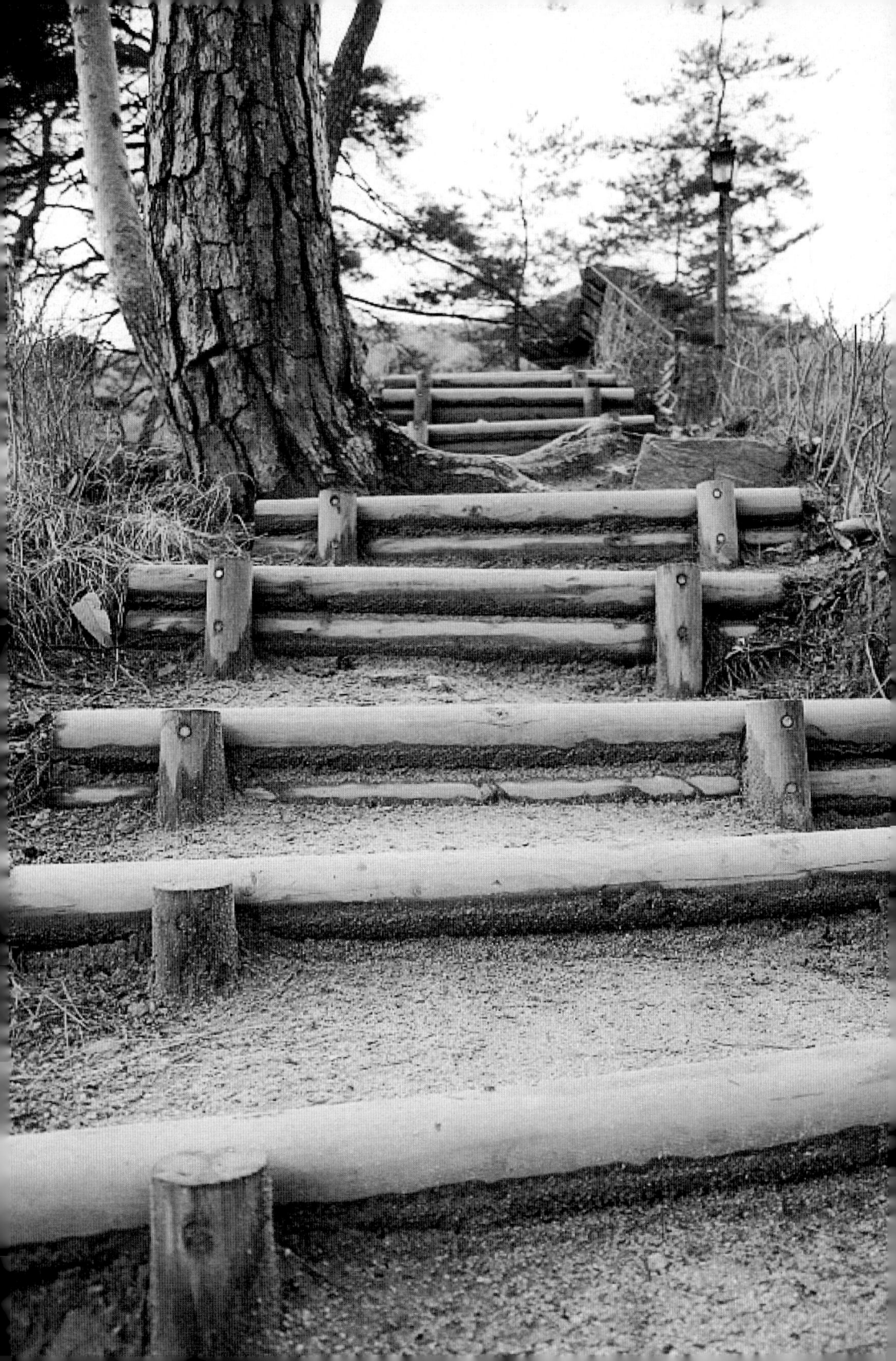

미래는 그 누구도 확신할 수 없다.

한 칸 한 칸
정성스레 계단을 쌓아가며
스스로 오를 수 있는 높이를 가늠할 수밖에.

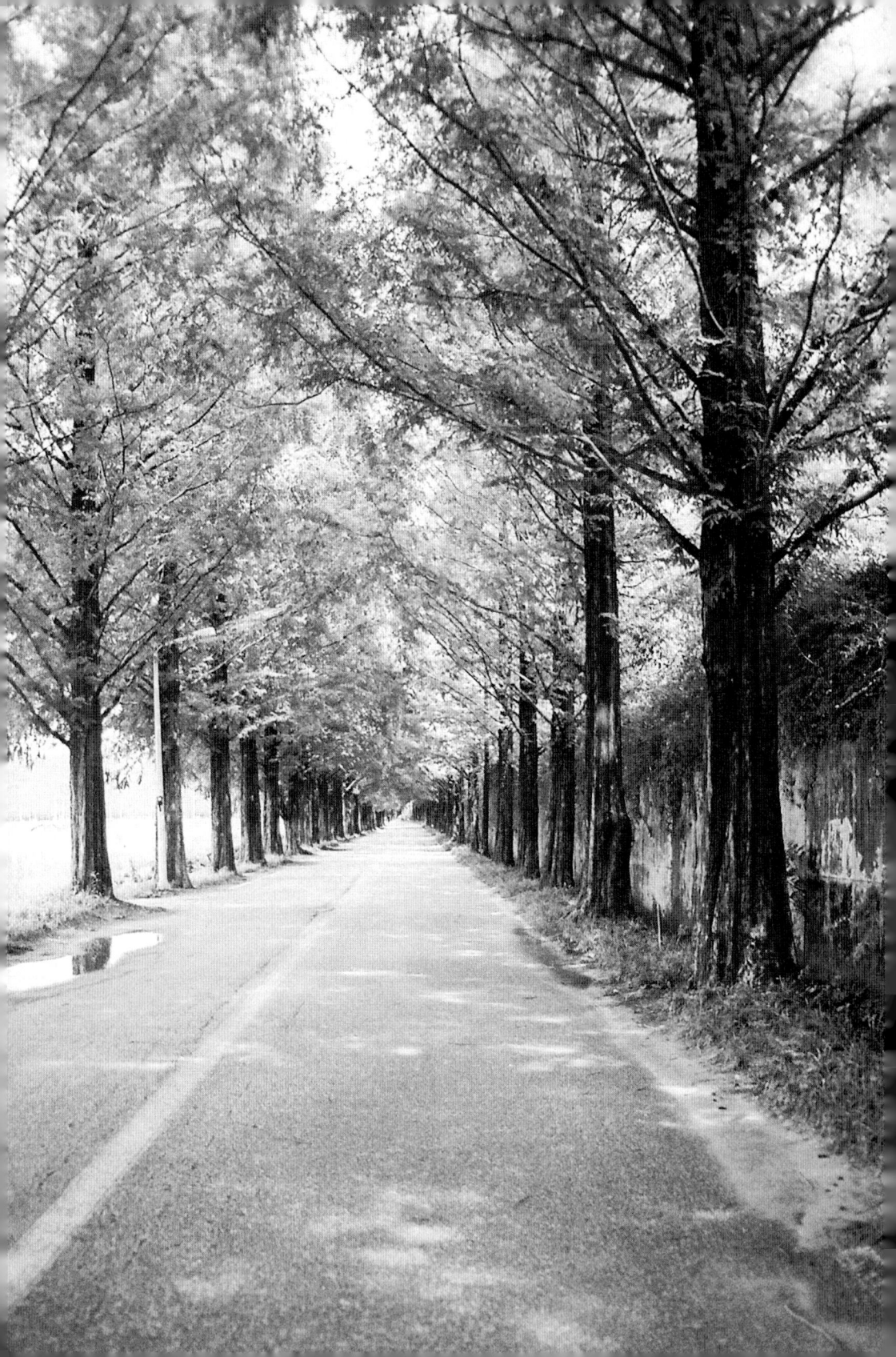

나는 지금 걷고 있다.
빠르지도 느리지도 않게

조금 돌아가도
조금 잘못 가도

멈춰있지는 않아
초조하지는 않다.

길을 만들어 갈 수는
없는 노릇이지만
길을 따라가다 보면

언젠가는
가고자 하던 그곳이
눈앞에 나타날 것이라 믿으며.

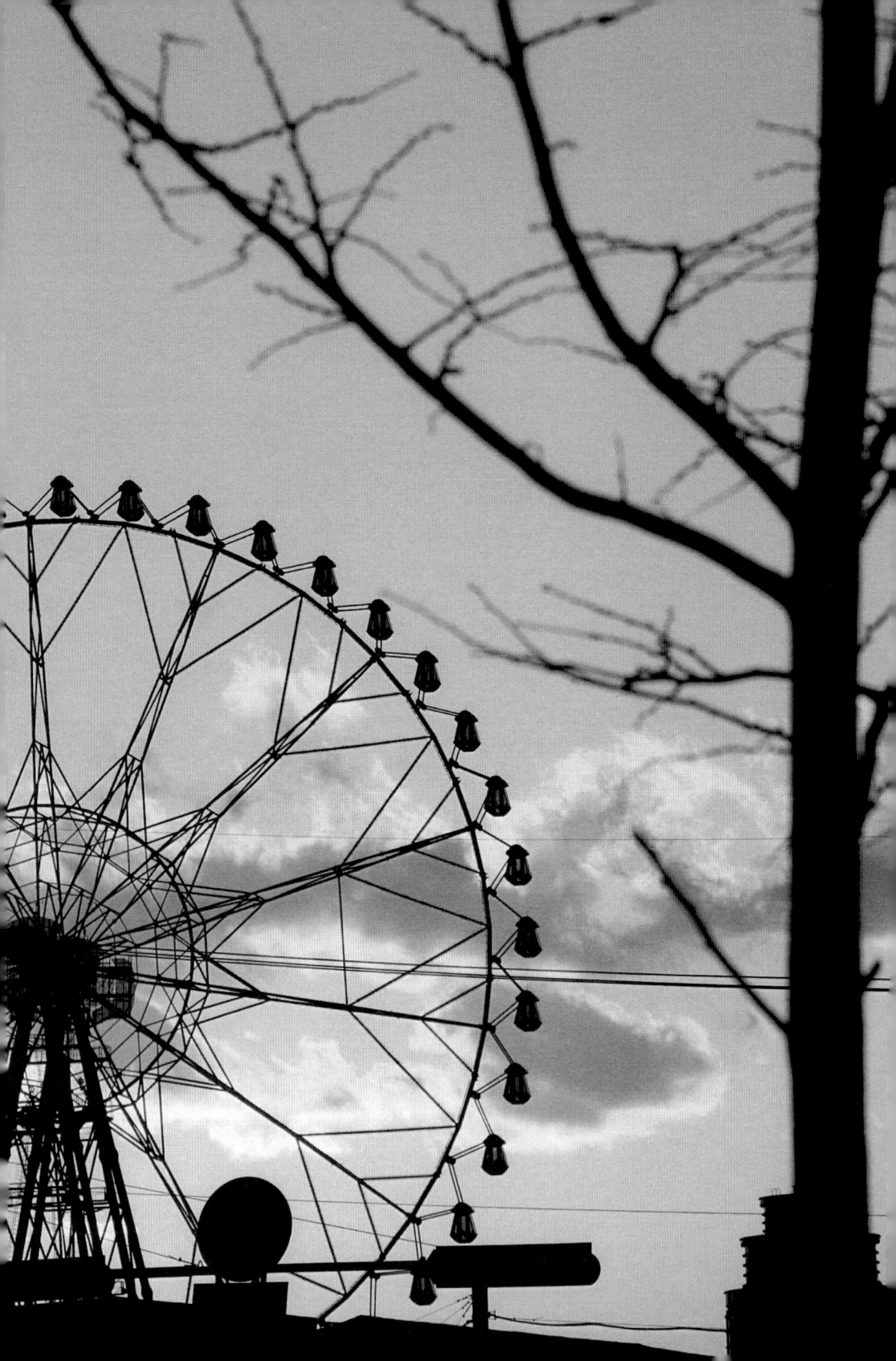

사공이 많으면 배가 산으로 간다.

배가 산으로 가면 안 되는 건가
바다에 있어야 할 배가 산으로 간다니
이 얼마나 환상적인 일인가

사공이 많아지면
불가능을 가능토록 한다.

세상을 한바퀴
눈에 담고 돌아오고서야
내 곁에는 세상을
만들어가는 사람들이 있다는 걸 알았다.

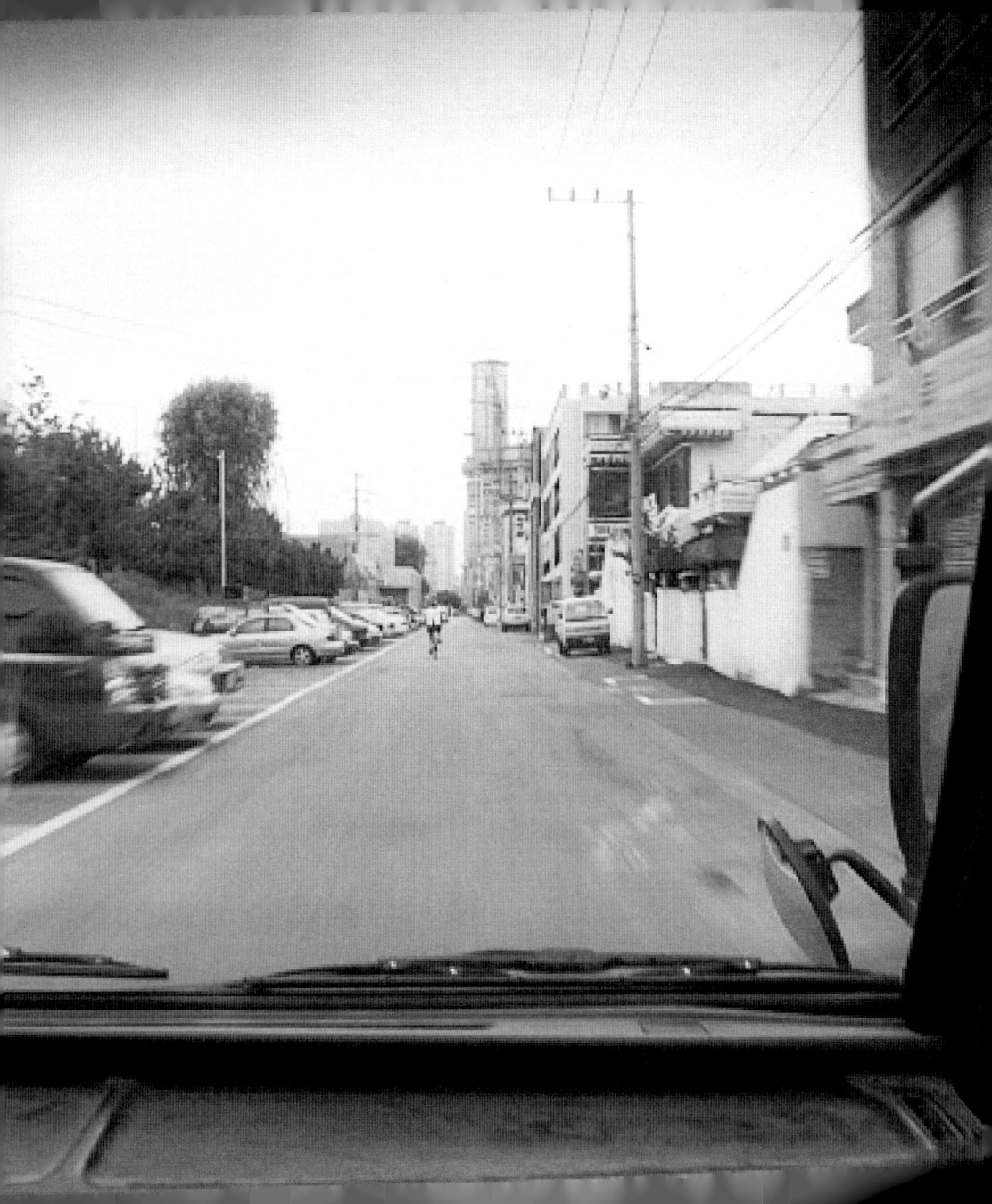

무엇이 그리도 내 마음에서
여유를 빼앗아 가는 것인지

해야 할 일이 산더미인 것도 아니고
오늘이 지나면 내일이 없는 것이 아님에도

앞으로, 앞으로 전진해 나가는 것이 아님에도
자꾸만 두 다리를 재촉해 달려야 할 것만 같다.

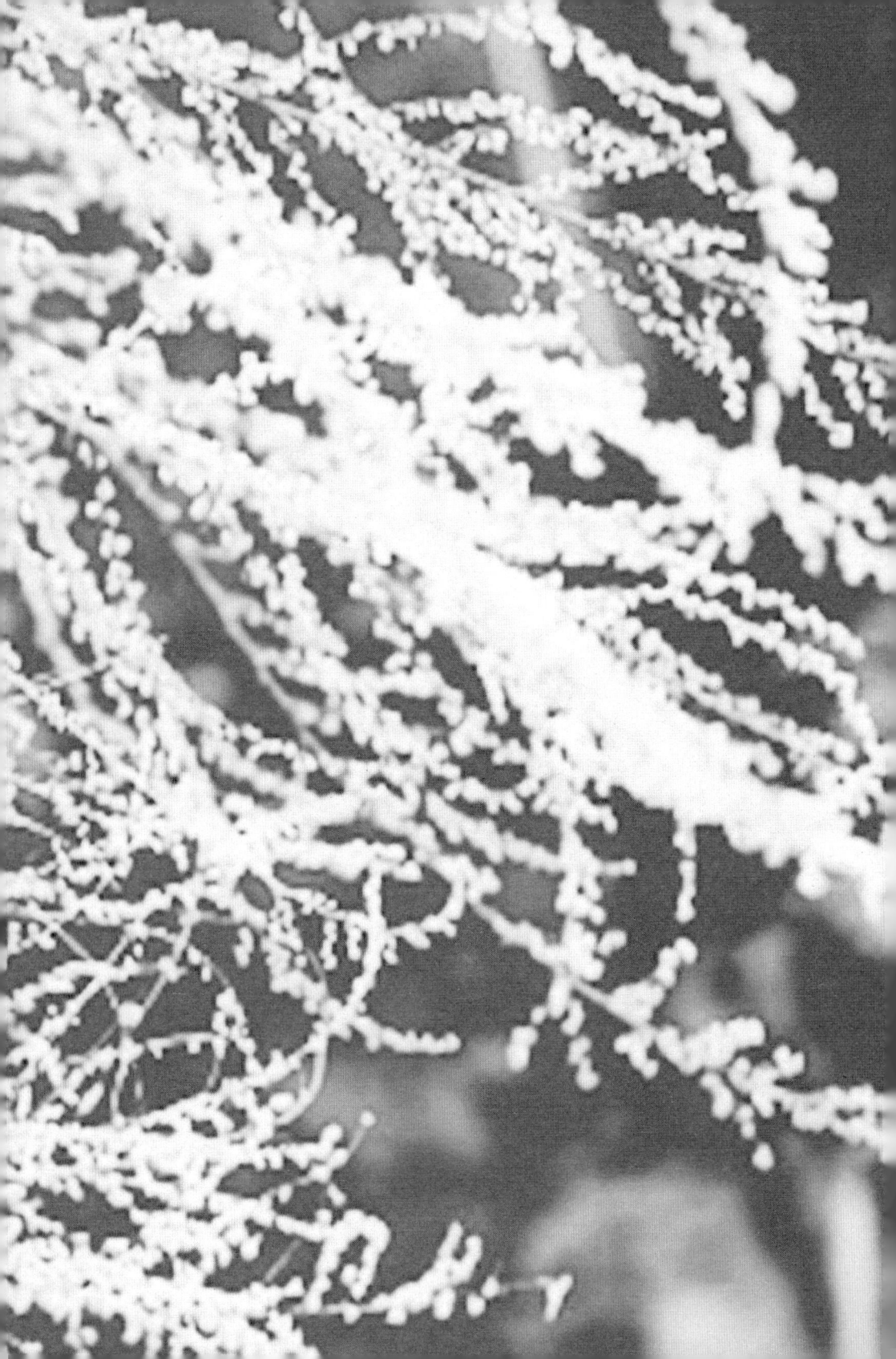

자신만의 선택지를 만들어 간다.

정답과 오답은 그 누구도 규정할 수 없다.
단지, 가치관과 판단만이 선택의 잣대가 된다.

수많은 문항을 만들어내고
그 가운데 하나를 선택하는 것뿐이다.

중요한 것은
망설이고 고민하는 사이에도
시간은 흐르고 있다는 것이다.

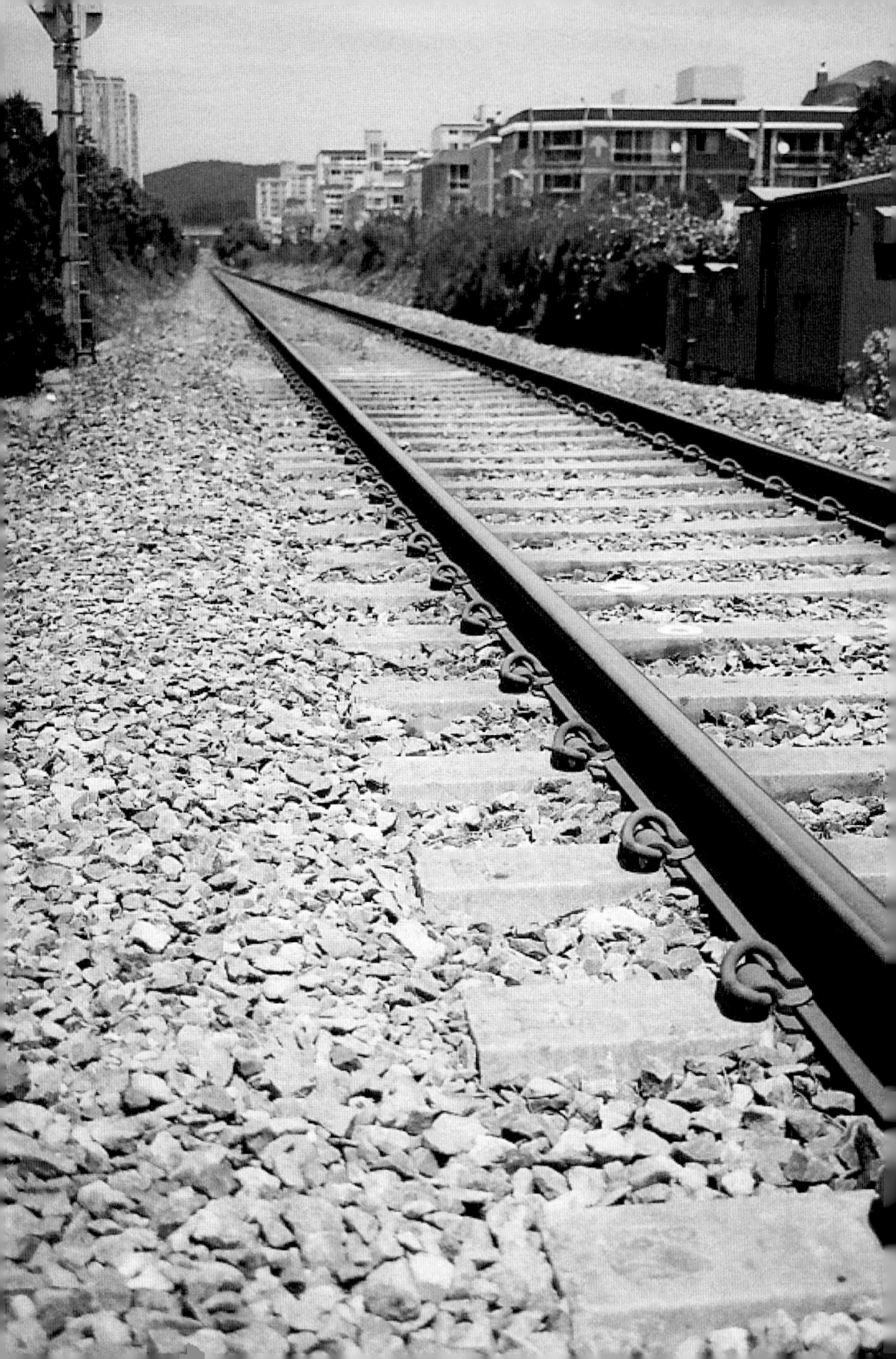

하나는 둘이 되고 , 둘은 셋이 된다.
처음은 두 번째가 되고 , 두 번째는 세 번째가 된다.

시작은 조금씩 나에게 익숙함이 되고
시작은 조금씩 나에게 변화를 안겨준다.

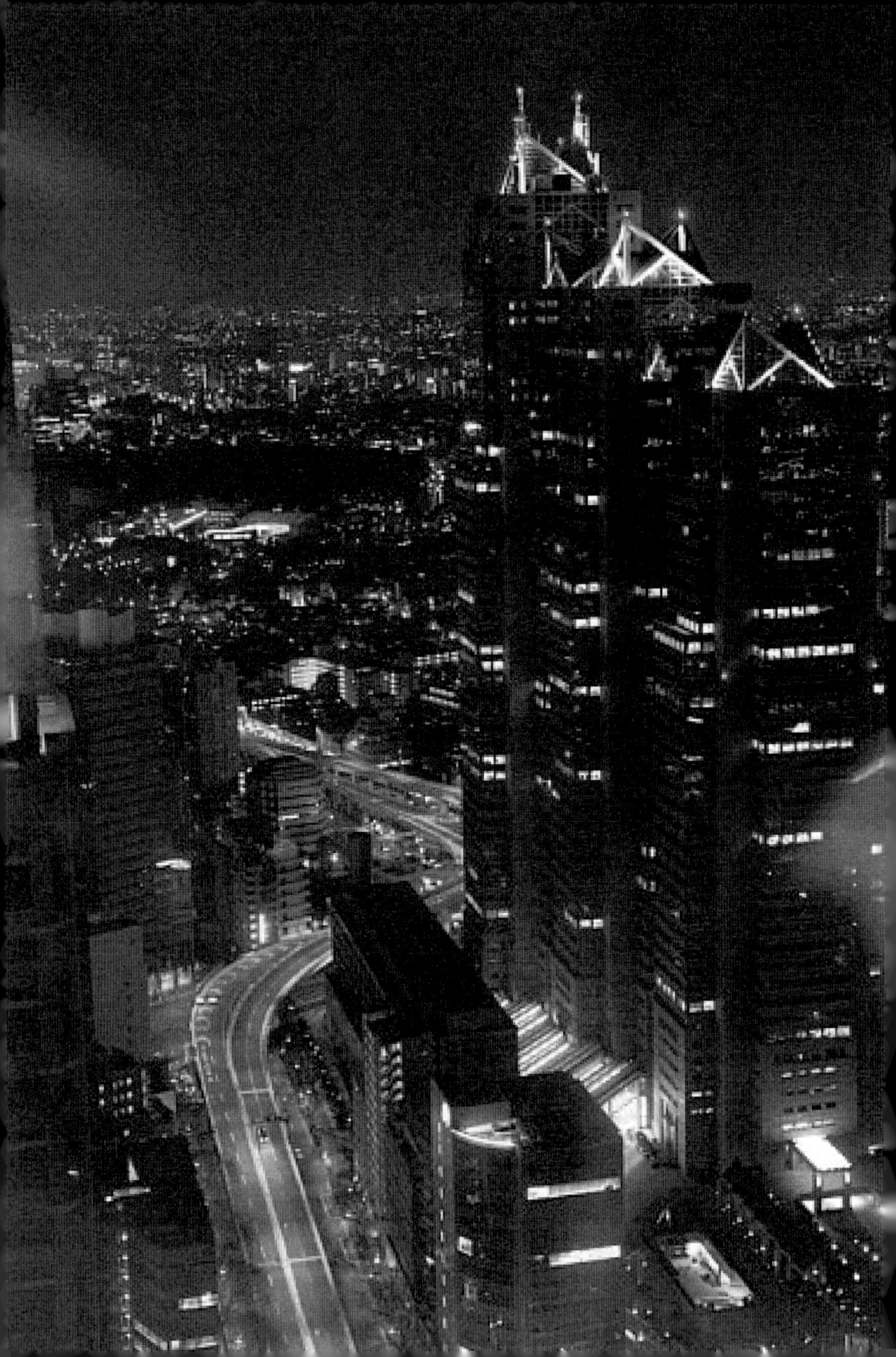

한숨만.
그저 한숨만.
그저 하염없는 한숨만.
그저 땅이 꺼질듯 하염없는 한숨만.

땅에 닿을 듯 긴 한숨을 내 뱉기 전에
턱 끝까지 차오르는 숨을 참아가며
이 거리 어딘가를 달릴 줄 알아야 할 것이다.

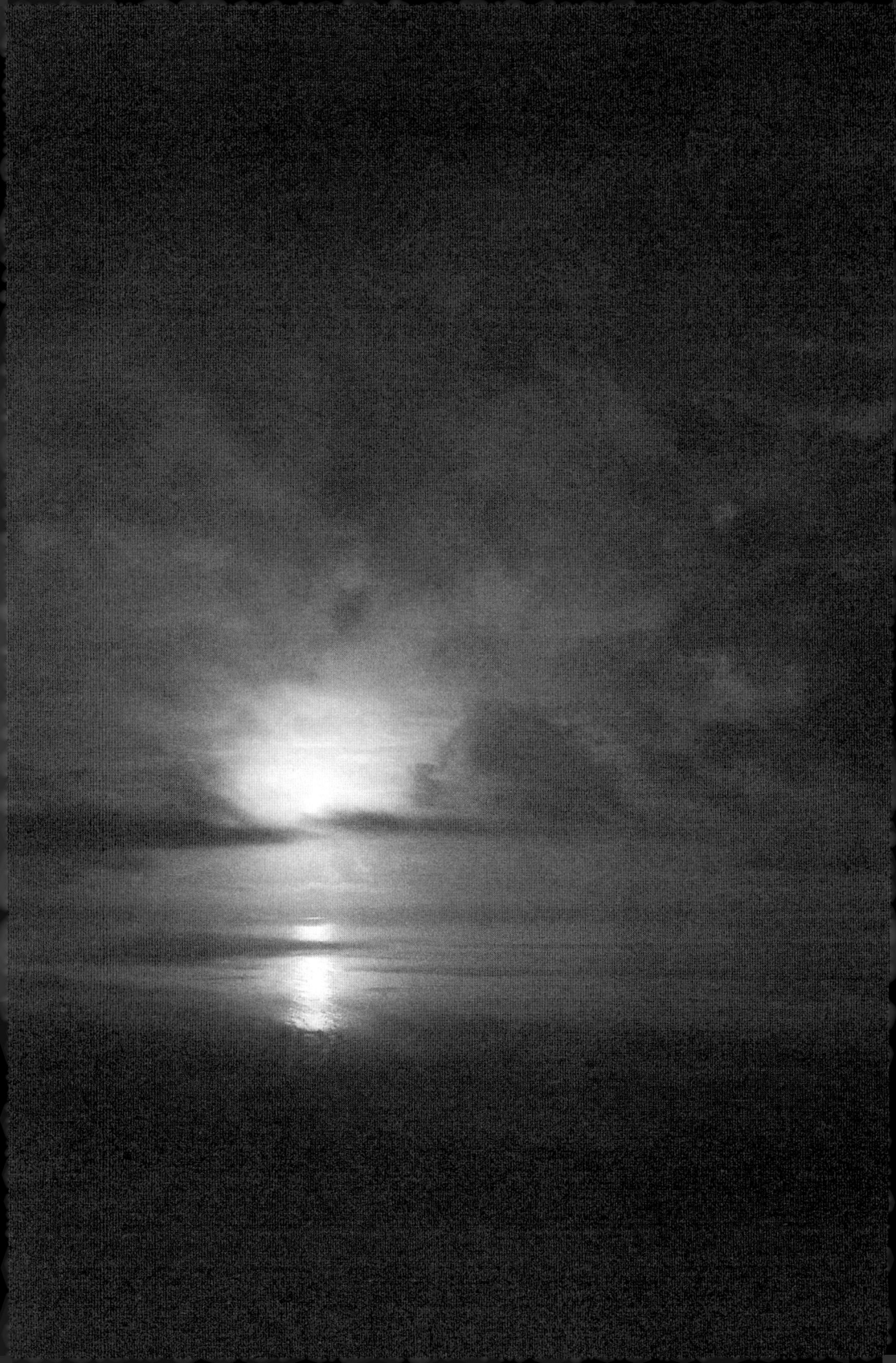

행복을 머리로 이해하려 해서는 안 된다.

내 안에서 피어나는 따뜻함을
발끝부터 밀려오는 충만함을
감싸 안기만 하면 되는 것이다.

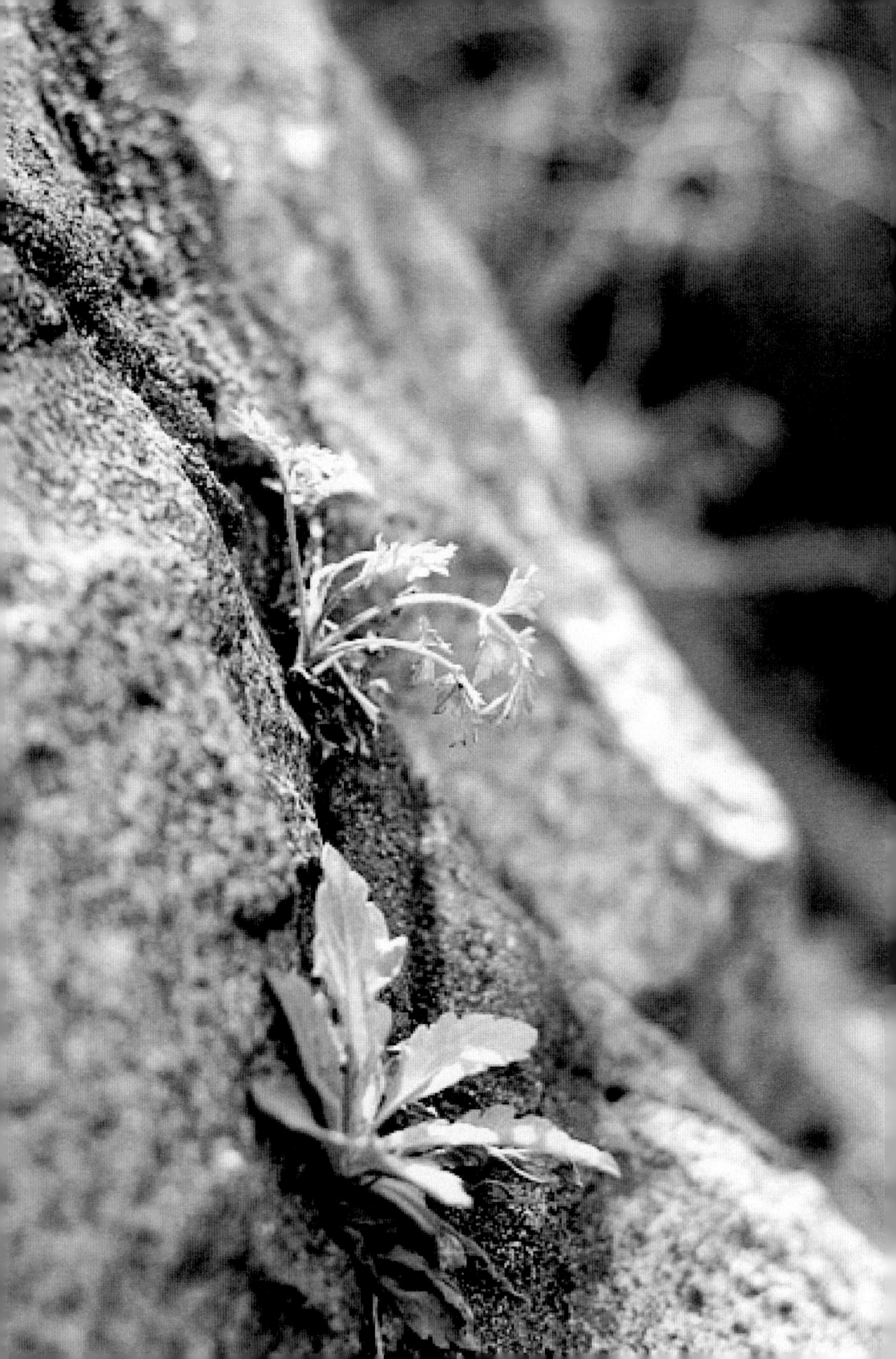

잡초가 살아남는 이유는
밟혀도 굴하지 않는 오기에 있고
장소를 가리지 않고 피어오름에 있으며
모진 비바람 속에서도 태연함을 잃지 않기 때문인 것을

온실 속 화초마냥 누군가의 손에 길러지길 거부하며
아스팔트 틈새 잡초마냥 스스로 피어오를 것이다.

행복을 찾고자 조바심 내지 않고.

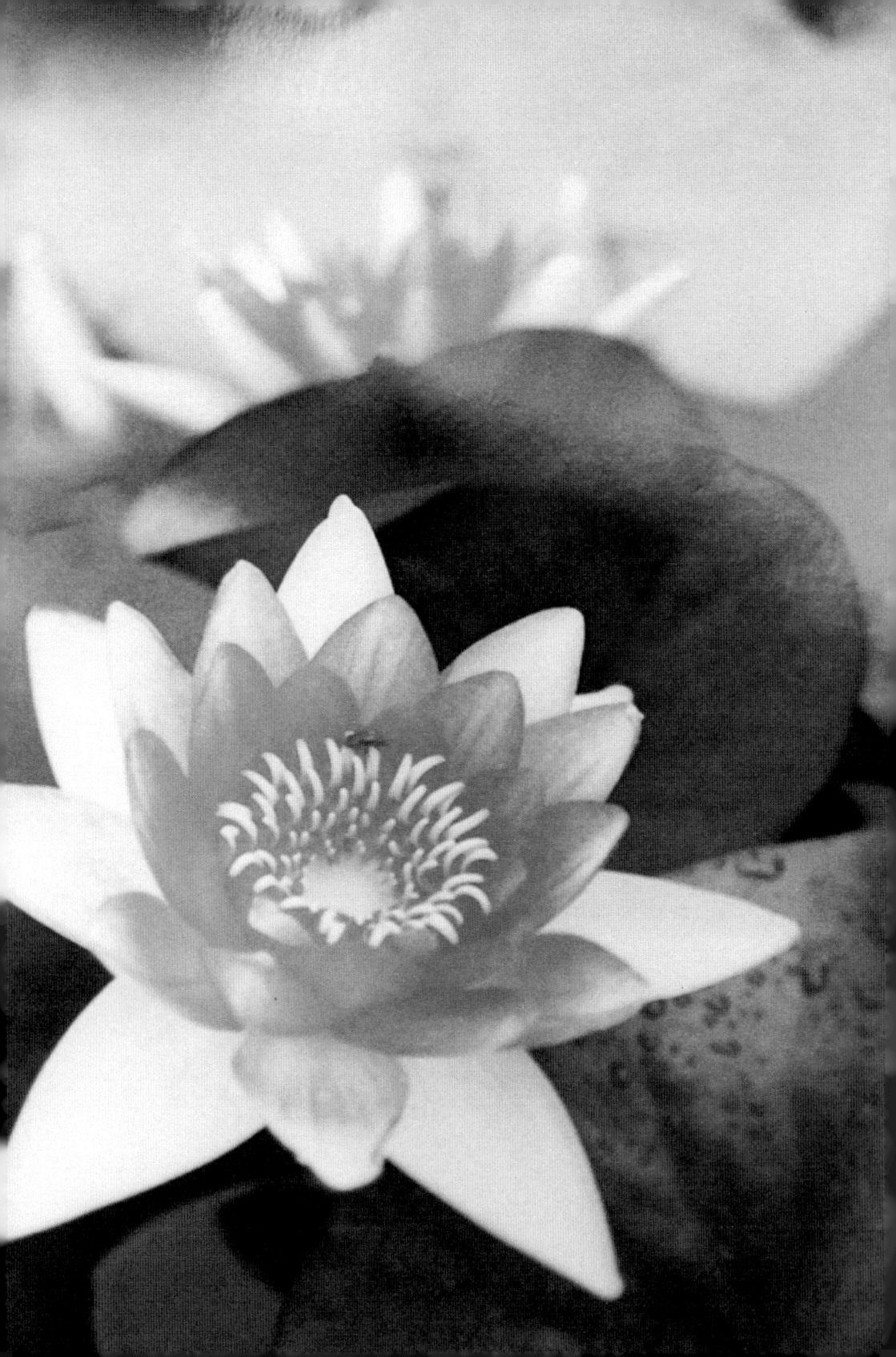

그 뿌리를 흙탕물 속에 두고도
세상 무엇보다 단아하게 피어나는

저 연꽃처럼.

한 순간 쏟아내고
여운을 남기며 사라져가는
소나기보다는

소리 없이 내려앉아
불쾌감 없이 젖어드는
그 이슬비처럼

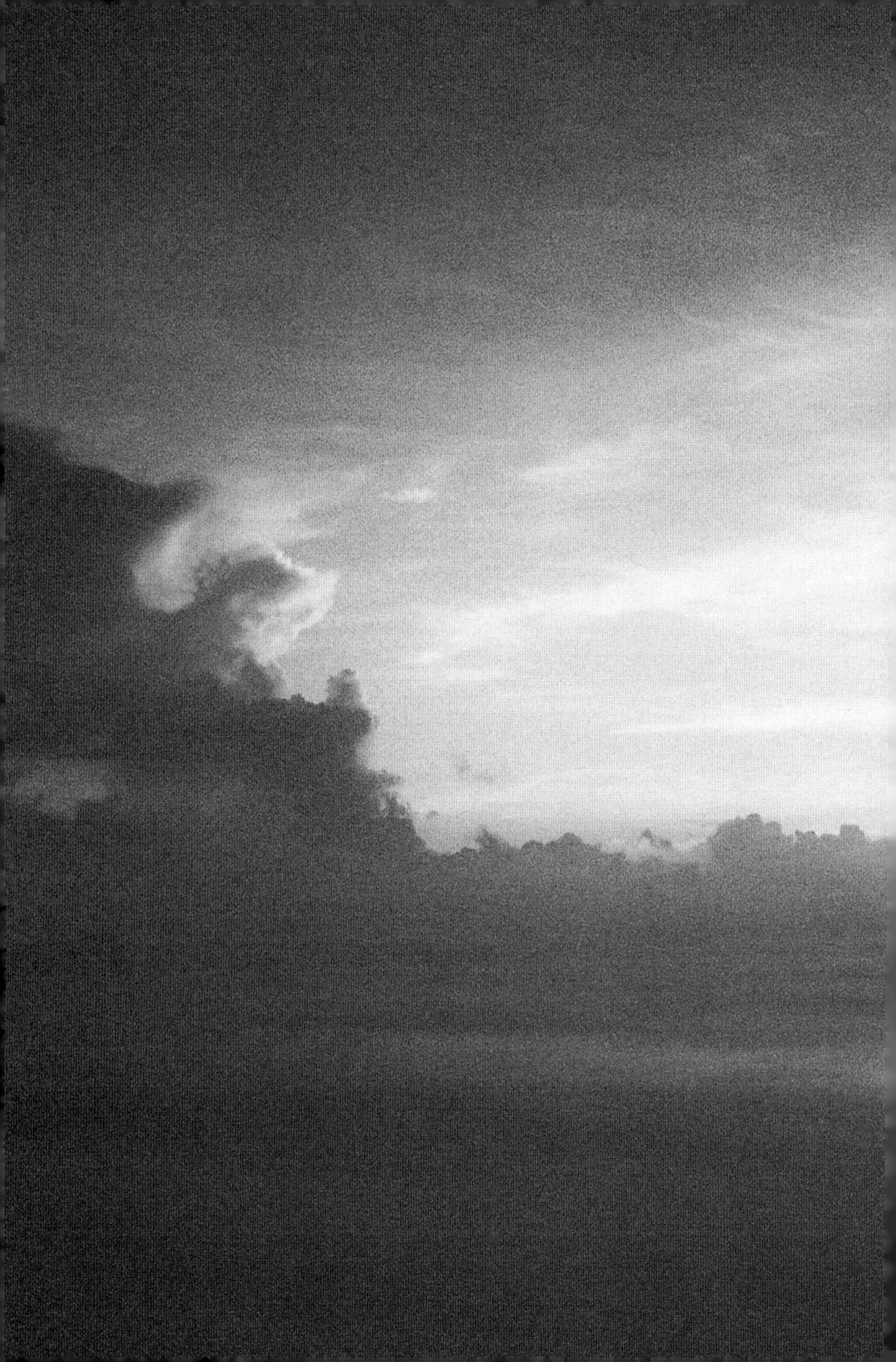

천천히, 나도 저 바람처럼 불어갈게.

여름

사랑(愛)

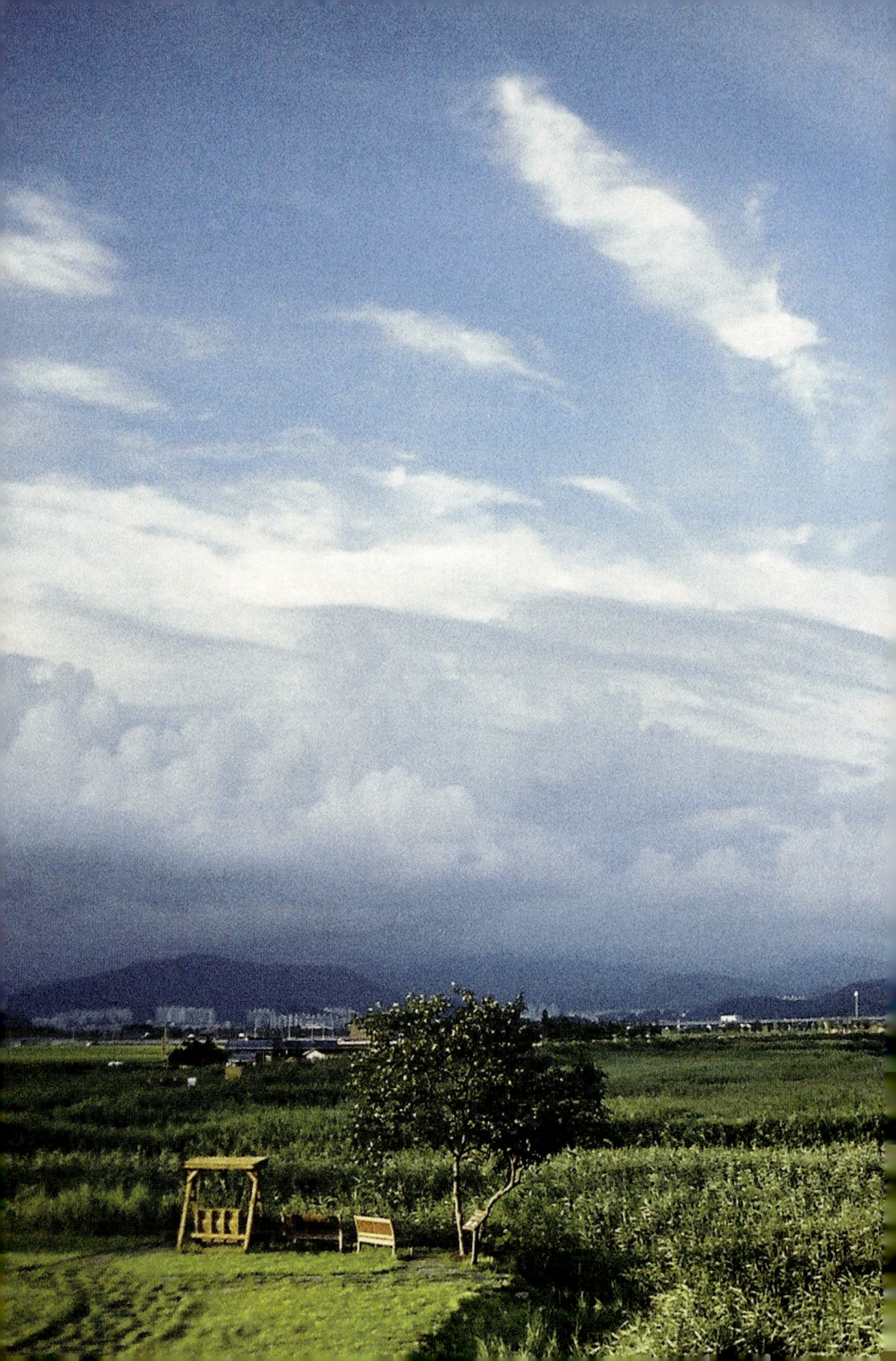

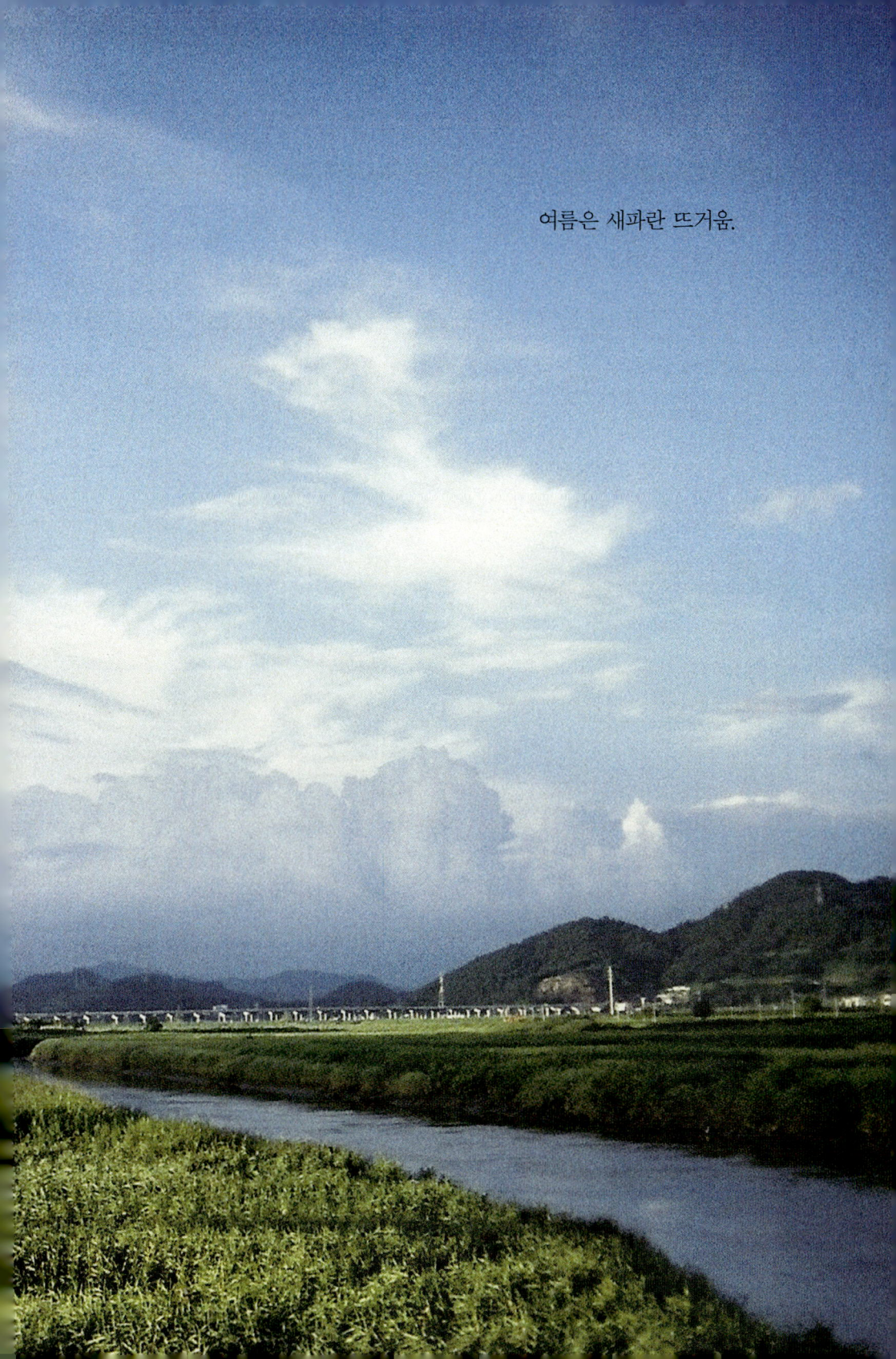

여름은 새파란 뜨거움.

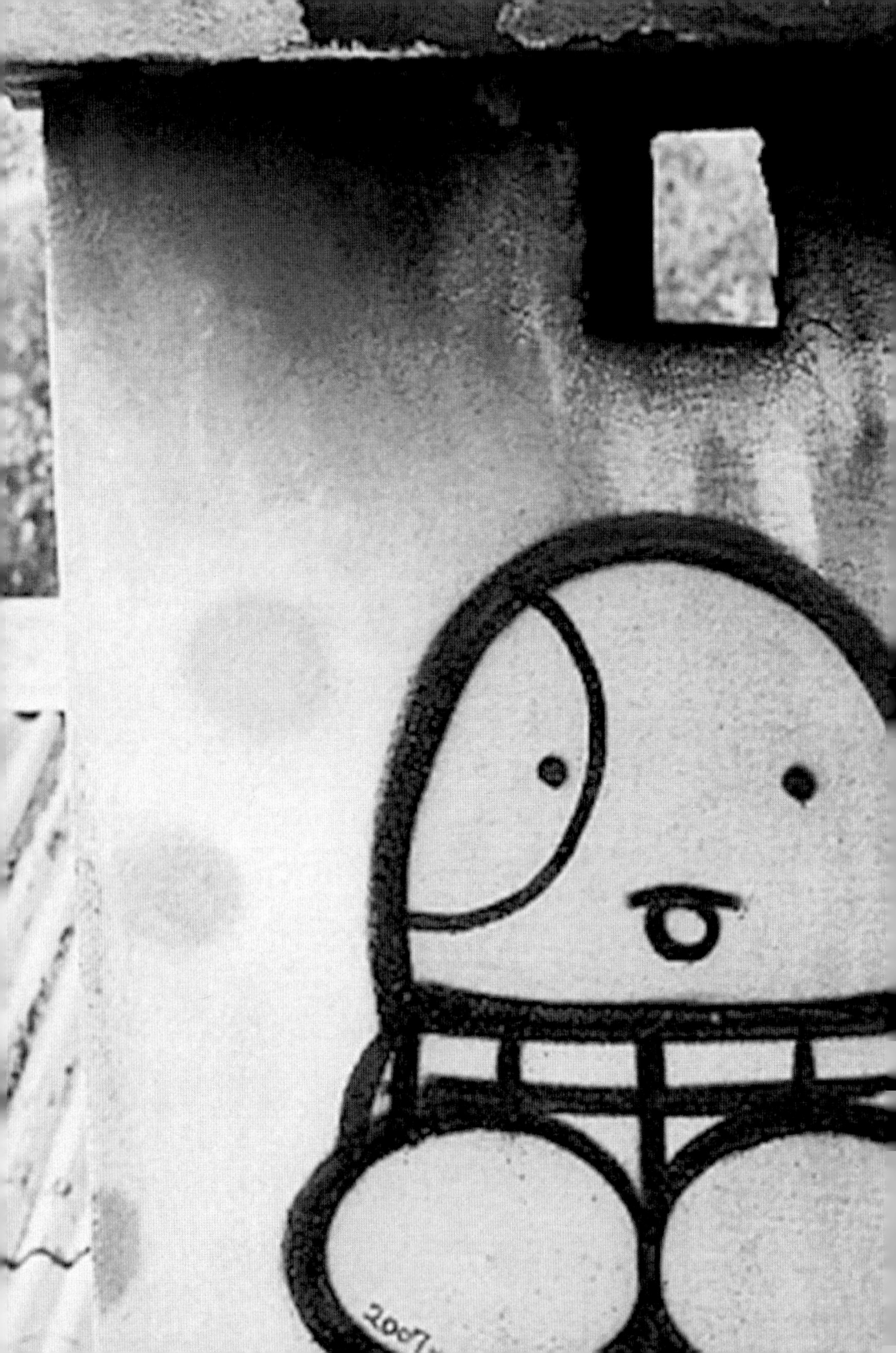

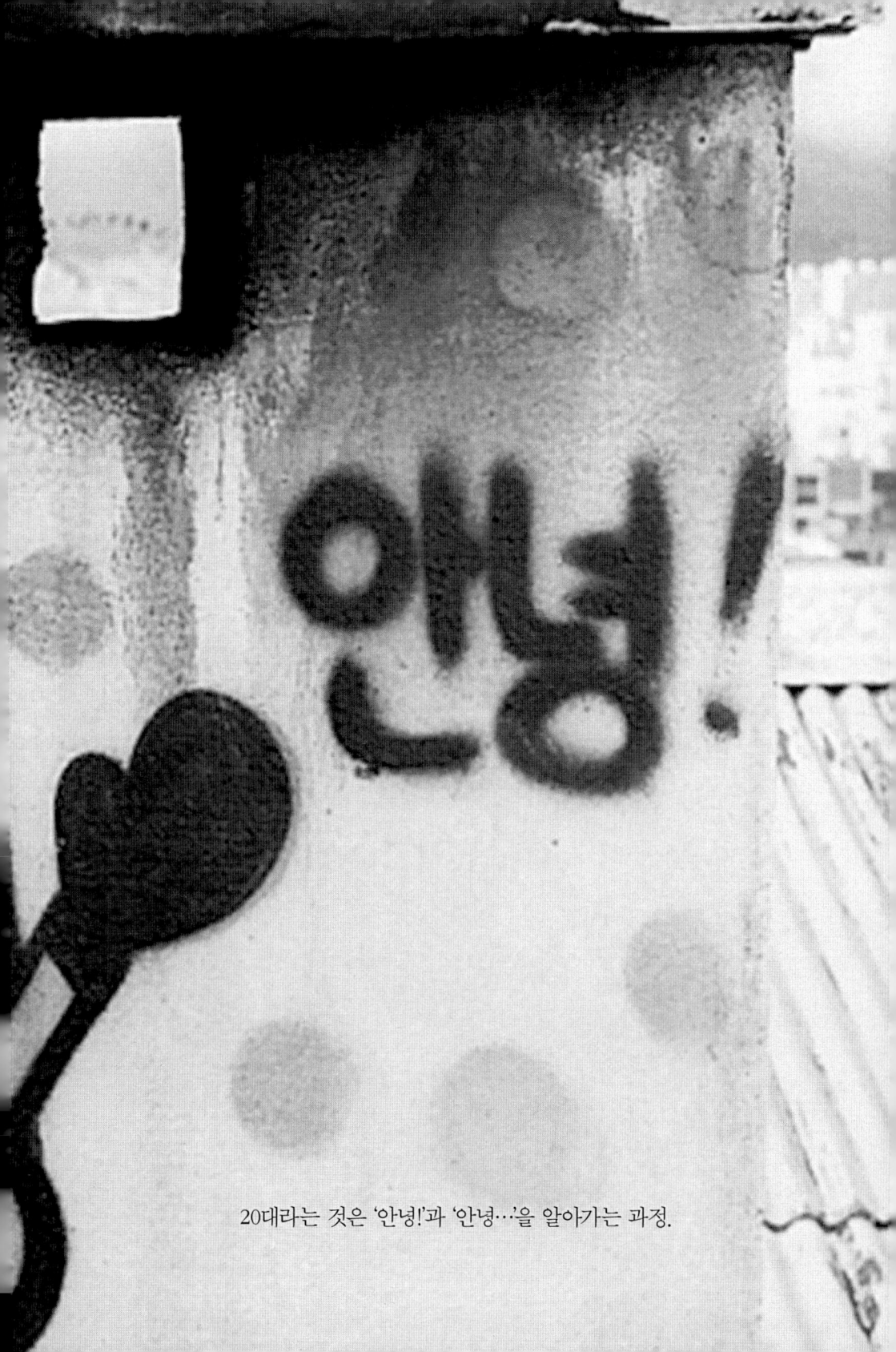

20대라는 것은 '안녕!'과 '안녕…'을 알아가는 과정.

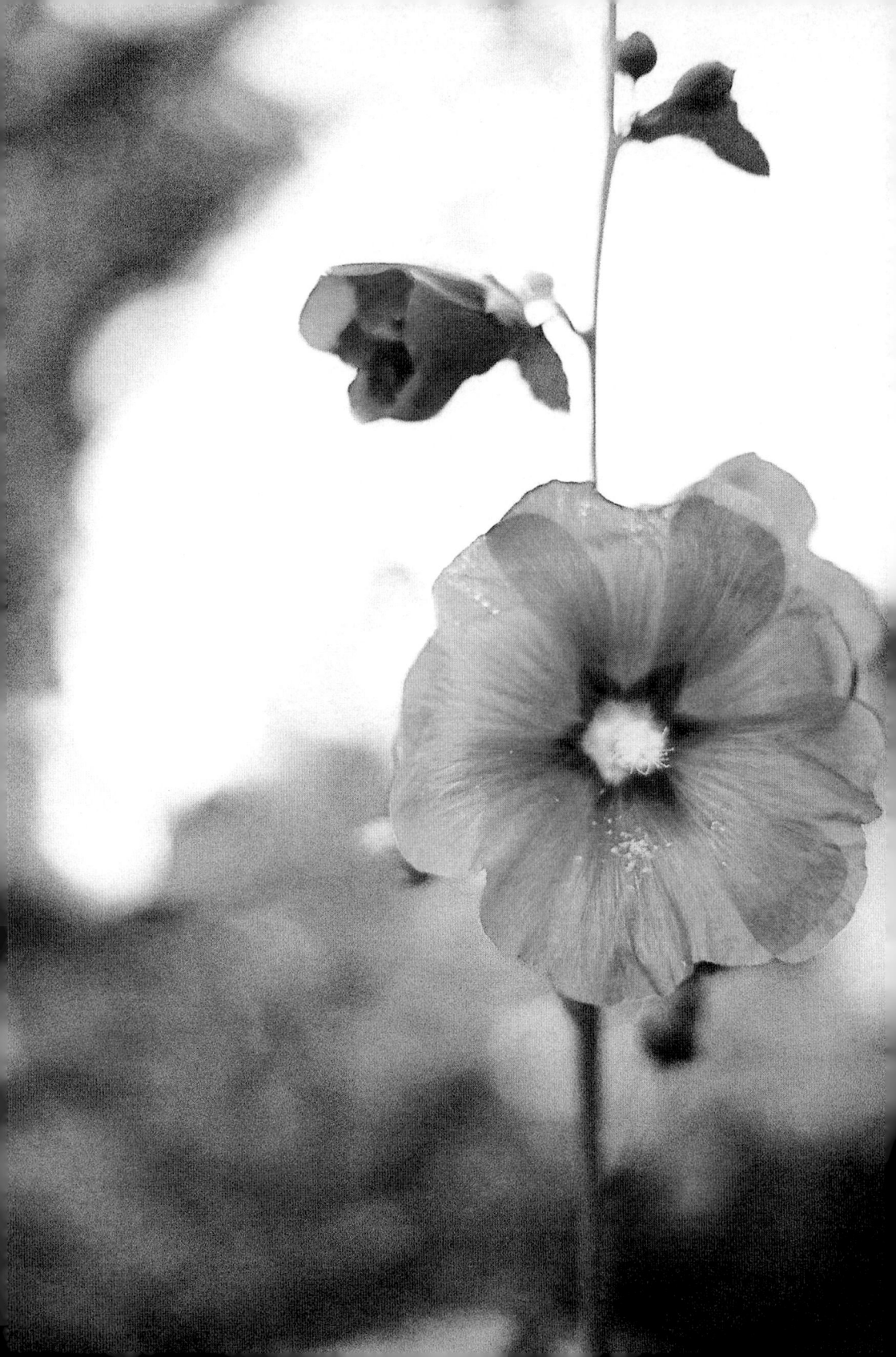

내가 사랑한 그때의 너는 없다.
너를 사랑한 그때의 나는 없다.

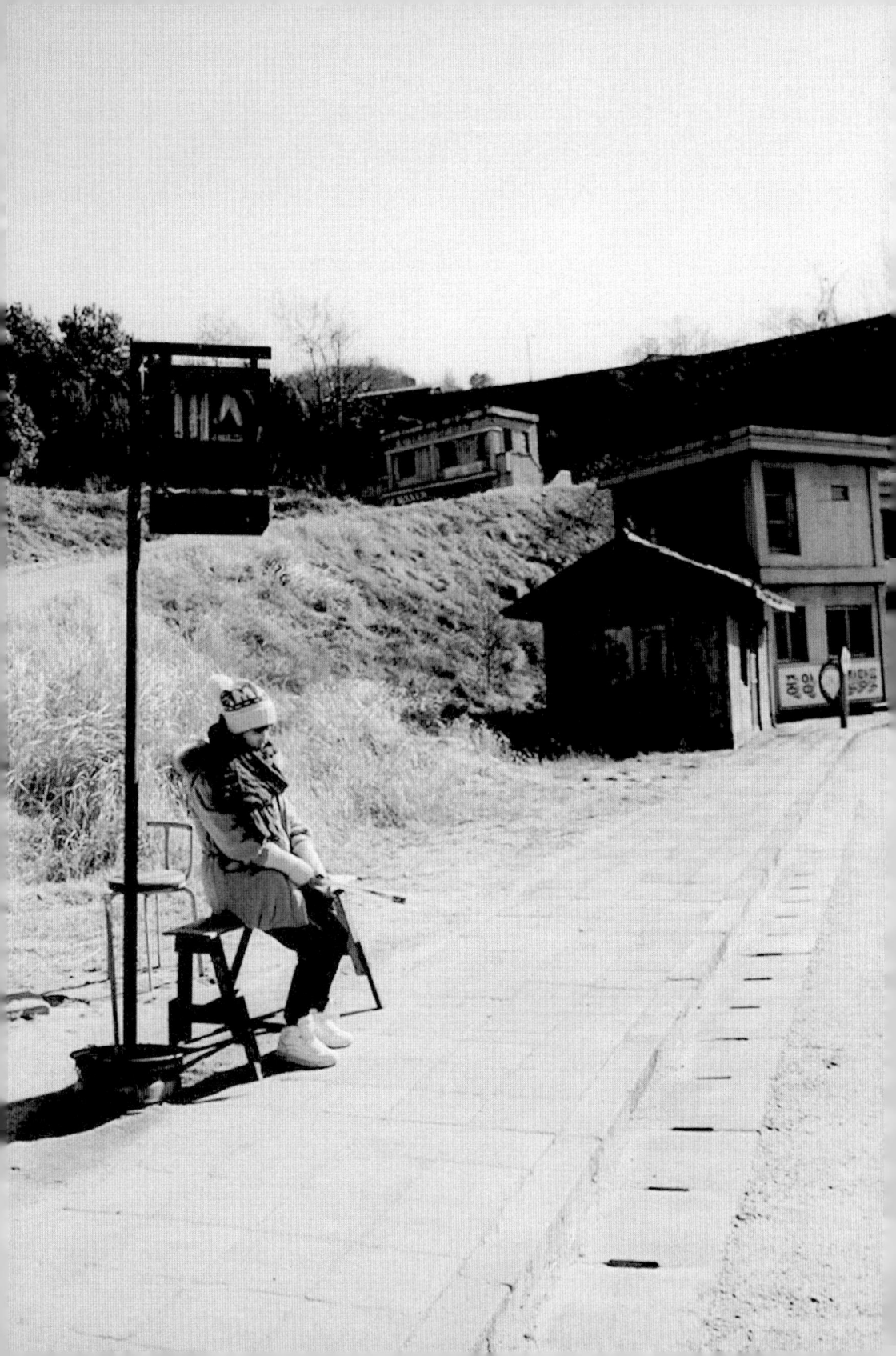

나 홀로 기다리고 있지만은
나 홀로이지만은 않습니다.

기약 없는 기다림의 끝에는
절망만이 기다릴지도 모르지만

불확실함에서 생겨나는 두려움은
설렘과 두근거림으로 대신합니다.

나 홀로 기다리고 있지만은
난 이미 그대와 함께합니다.

환하게 웃으며 다가올 모습
함께 걸으며 나눌 대화들
평온과 행복으로 충만합니다.

그래서
나 홀로 기다리고 있지만은
나 홀로이지만은 않습니다.
멈춘 듯 흐르지 않는 시간 속에서

이성이 감성을 이기지 못하는 그 순간
모든 시작은 그 순간에 이루어지는 것이다.

기쁨도 슬픔도 즐거움도 아픔도 분노도
그리고 사랑도.

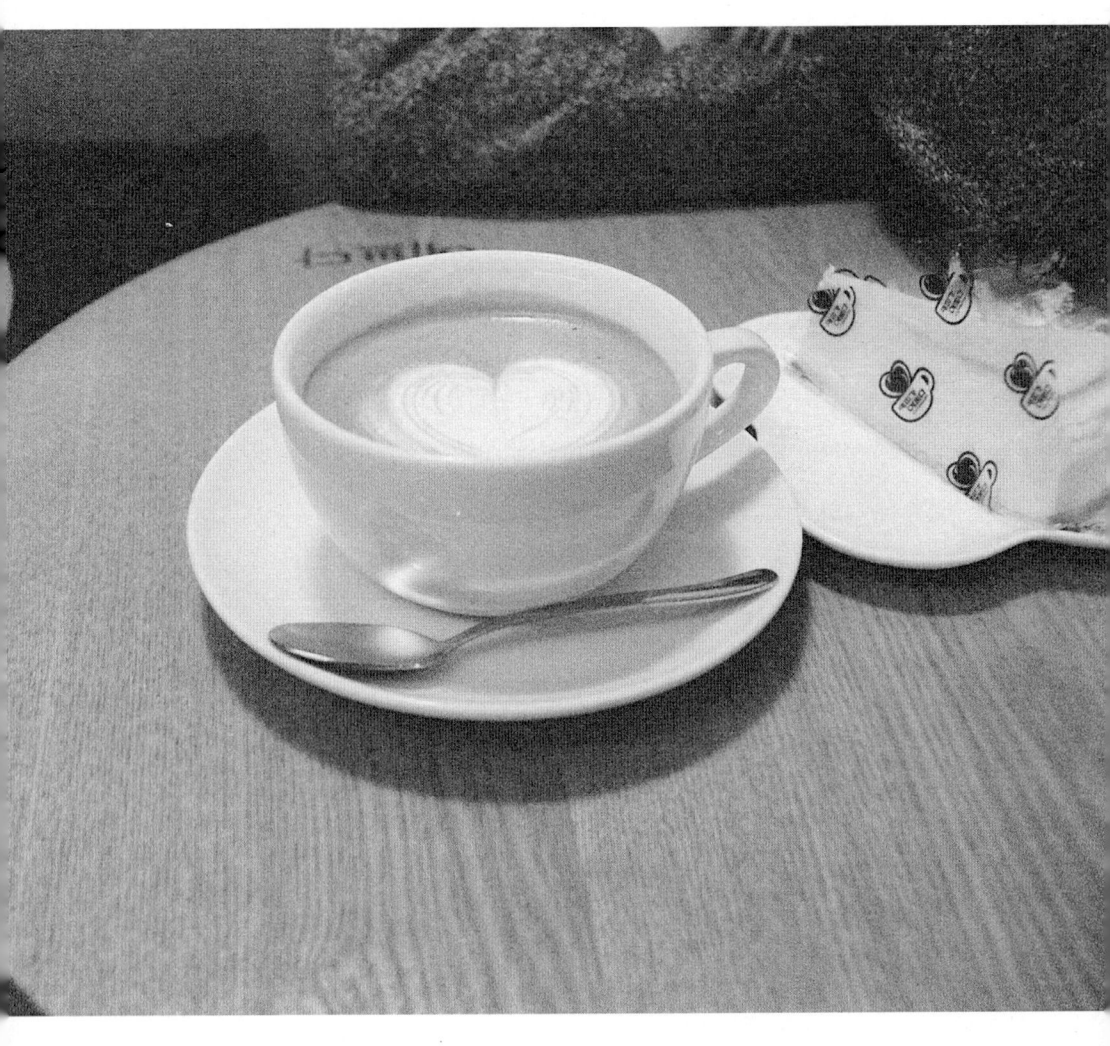

사람은 누구나 그렇다.

낯선 누군가에 두근거리고
떠오른 그 모습에 설레임 일고
지나간 뒷모습에 아쉬워한다.

사람은 누구나 그렇다.

불현듯 떠오른 옛 기억에 미소 지으며 '정말 좋았었다.'라고 생각한다.
불현듯 떠오른 옛 기억에 눈물 맺으며 '정말 사랑했었다.'라고 생각한다.

사람은 누구나 그렇다
더 아픈 사랑이 더 많이 사랑한 것이라고 생각하나 보다.

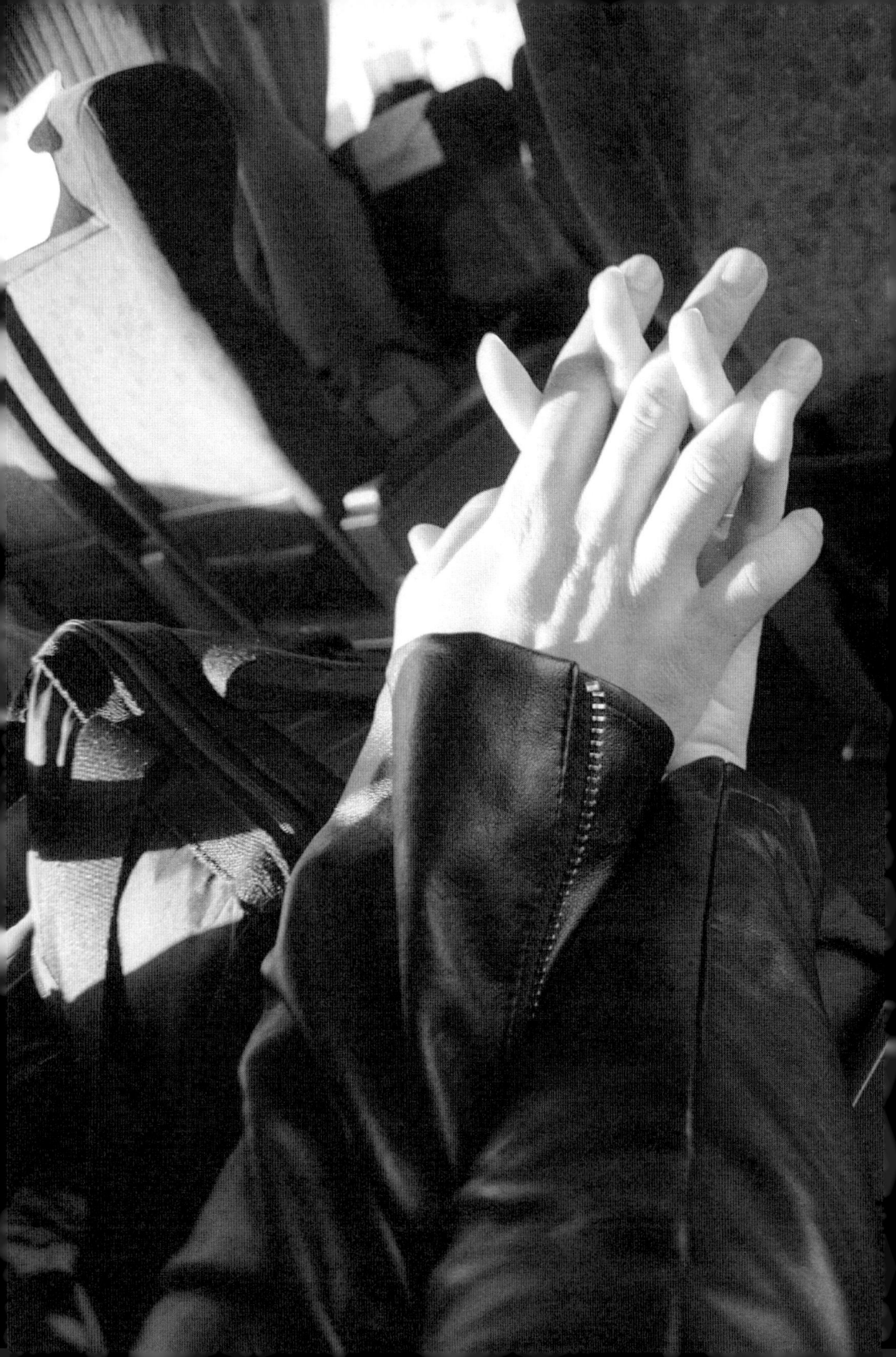

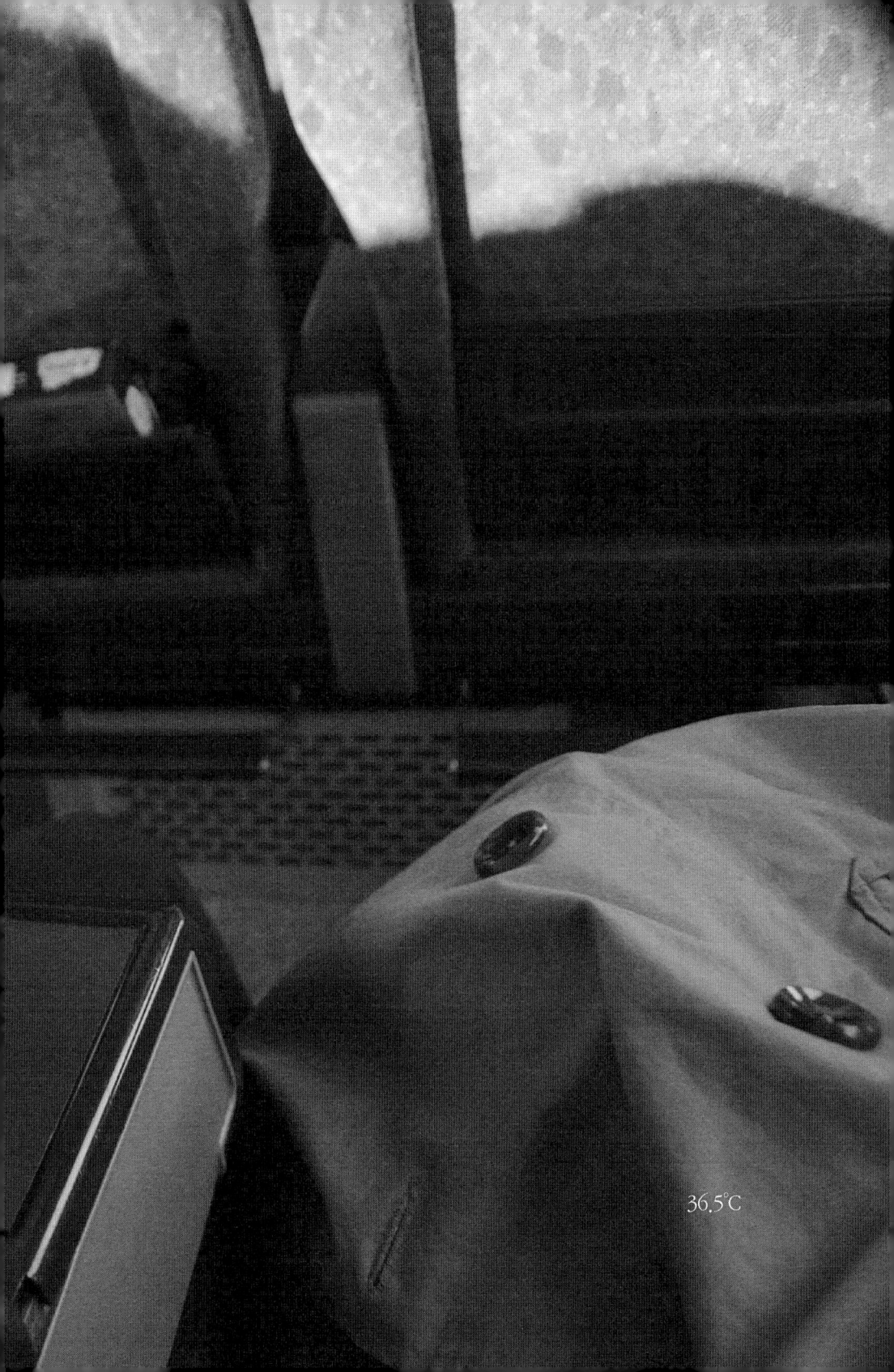
36.5℃

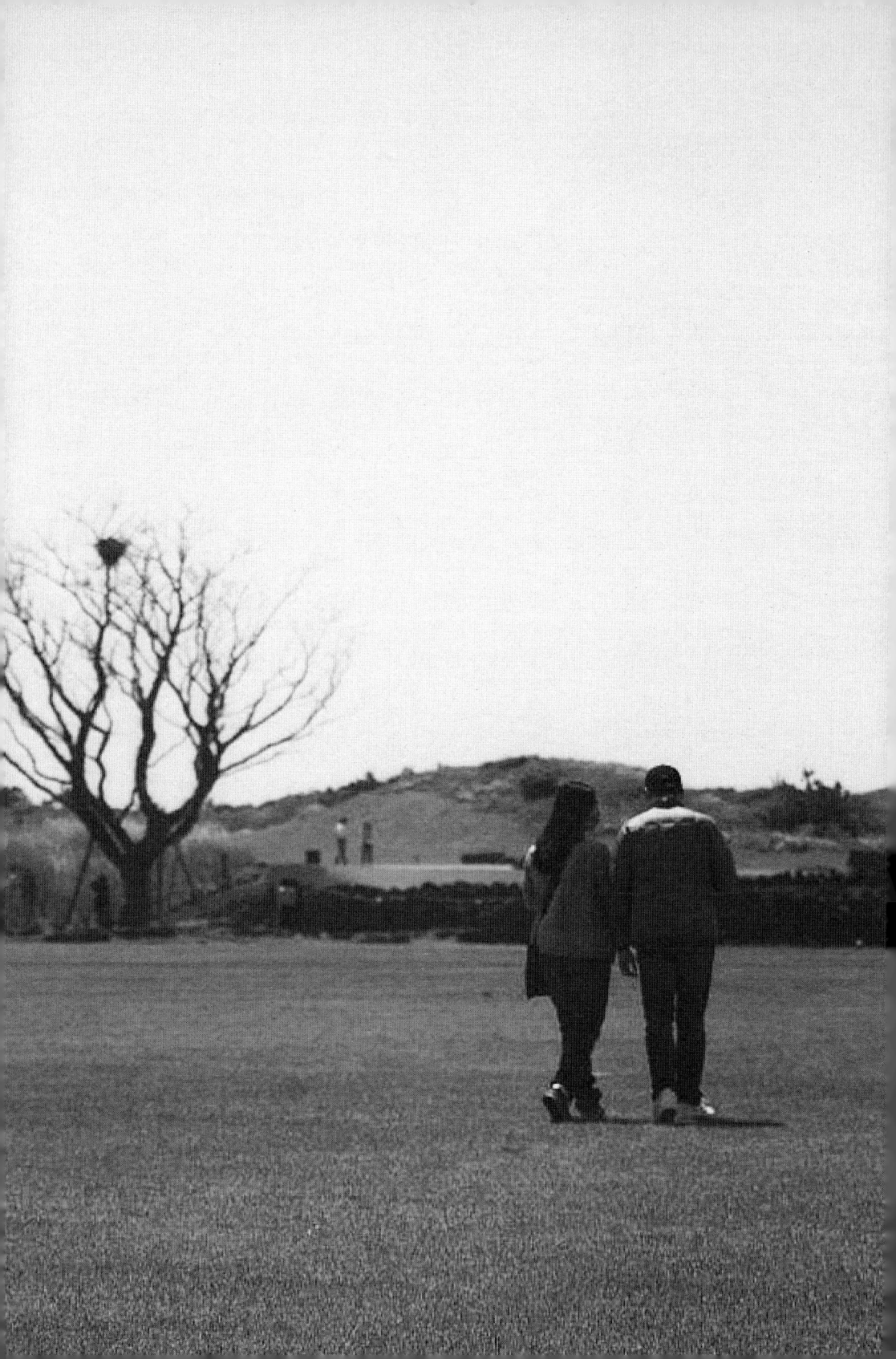

말없이 나란히 걷다
조심스레 스친 손끝에
멋쩍은 웃음 짓고

괜스레 부끄러워져
고개 돌려 앞만 보는
그 모습이 사랑스러워
그대 손 내 손안에
꼬옥 감싸 줍니다.

말없이 가만히 걷지만
참 많은 대화들이
수줍게 속삭입니다.

한여름 밤
아름드리나무 아래
불어오는 그 바람이
내게 주는 간질거림.

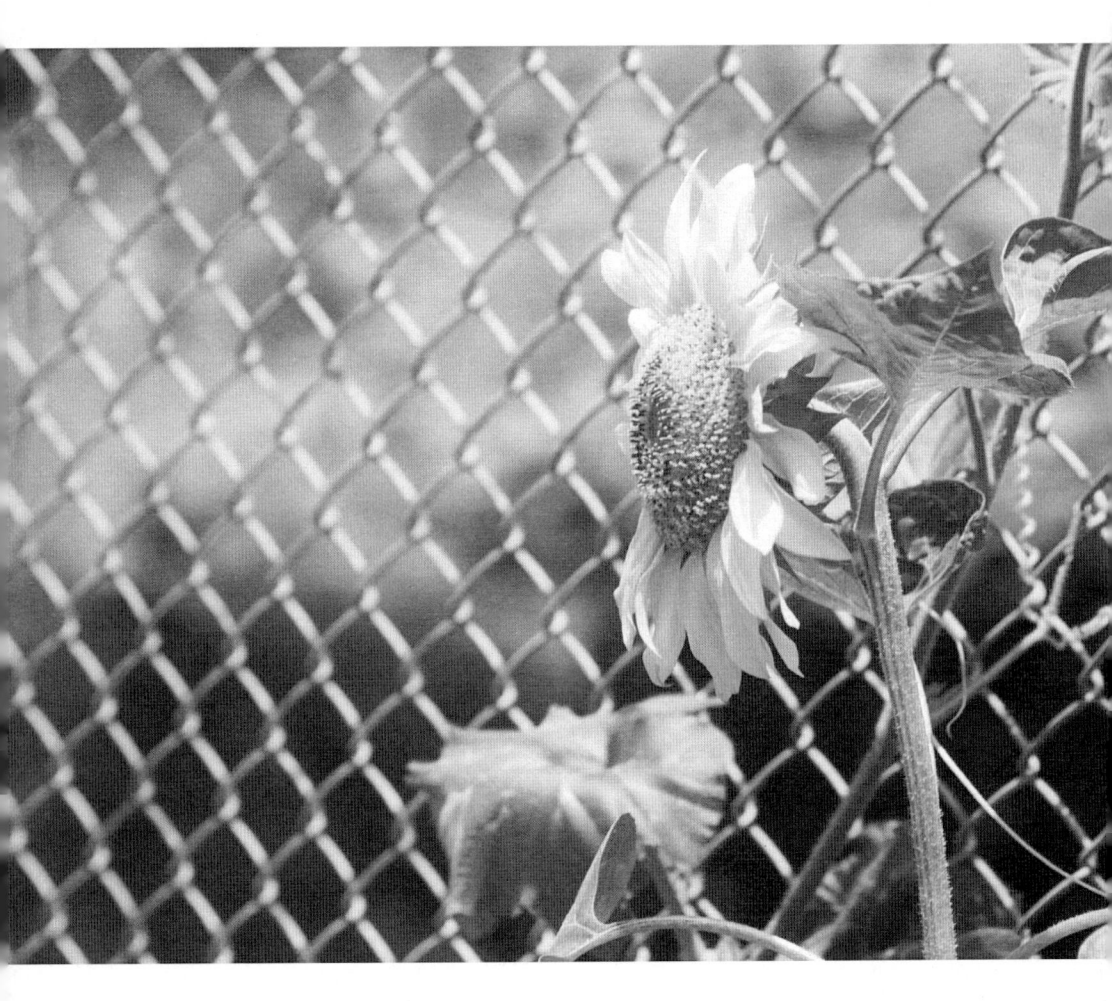

그대 마주보며 대화하는 그 시간이
참 좋을 것 같습니다
그대 손잡고 거니는 그 길이
참 좋을 것 같습니다
그대 그 눈동자에 비친 내 모습이
참 좋을 것 같습니다
그대 살결 닿아 느껴지는 온기가
참 좋을 것 같습니다
그대 속삭이는 그 목소리가
참 좋을 것 같습니다

그대 내게 사랑한다 말하면
참… 좋을 것 같습니다

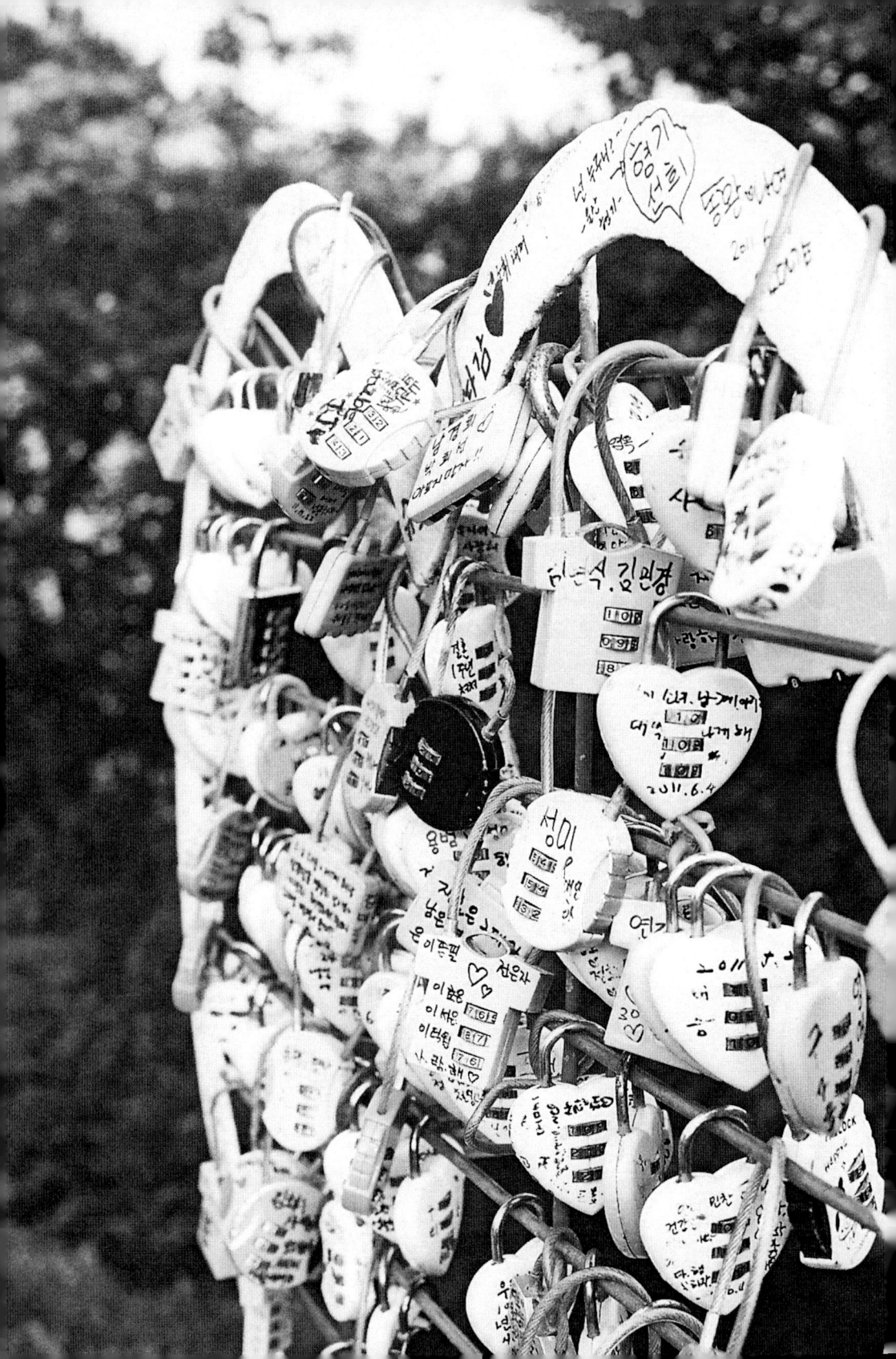

심장은 피아노 건반 마냥
누군가에 의해 연주되는 것 같다.

밤낮이 그 템포를 조절하고
감정이 그 강약을 조절한다.

경쾌하게 흘러가는 한낮의 시간에는
적당히 빠른 템포로 내 몸을 연주하고
잔잔히 흘러가는 한밤의 시간에는
찬찬히 느린 템포로 내 마음 연주한다.
그러다 어느 순간 쿵!
때로는 한없이 슬프게도
때로는 한없이 기쁘게도
내 마음을 연주한다.

그렇게 천천히
그렇게 빠르게
그렇게 강하게
그렇게 여리게

사랑은 시작된다.
내 심장 움켜쥐고 연주하는 그에 의해

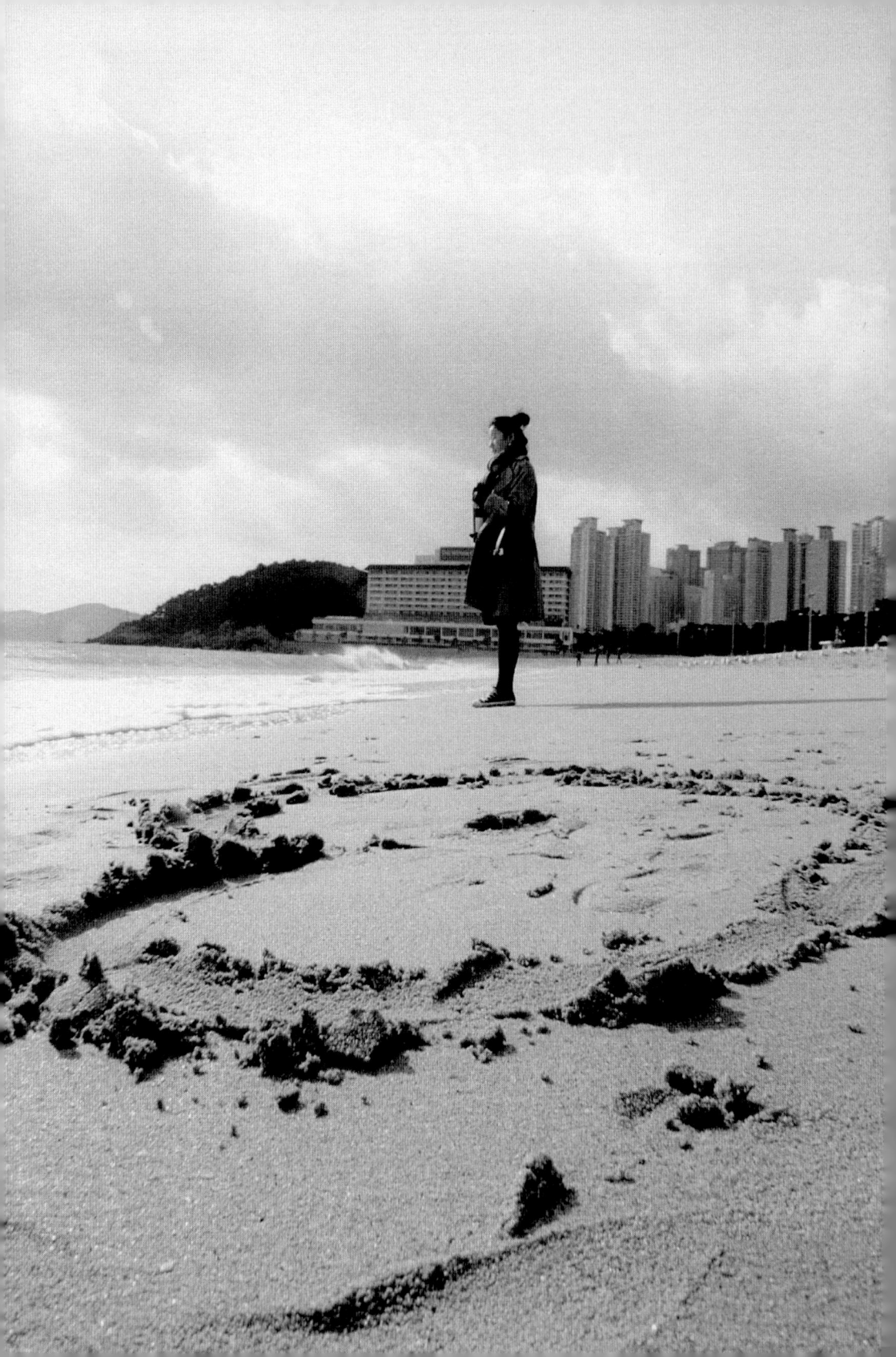

왜 그런 날 있잖아?

해가 뜨고 지는 것이
지금 걷고 있는 길이
그리고 온 세상이 아름다운 날.

사랑에 빠져 있던 날.

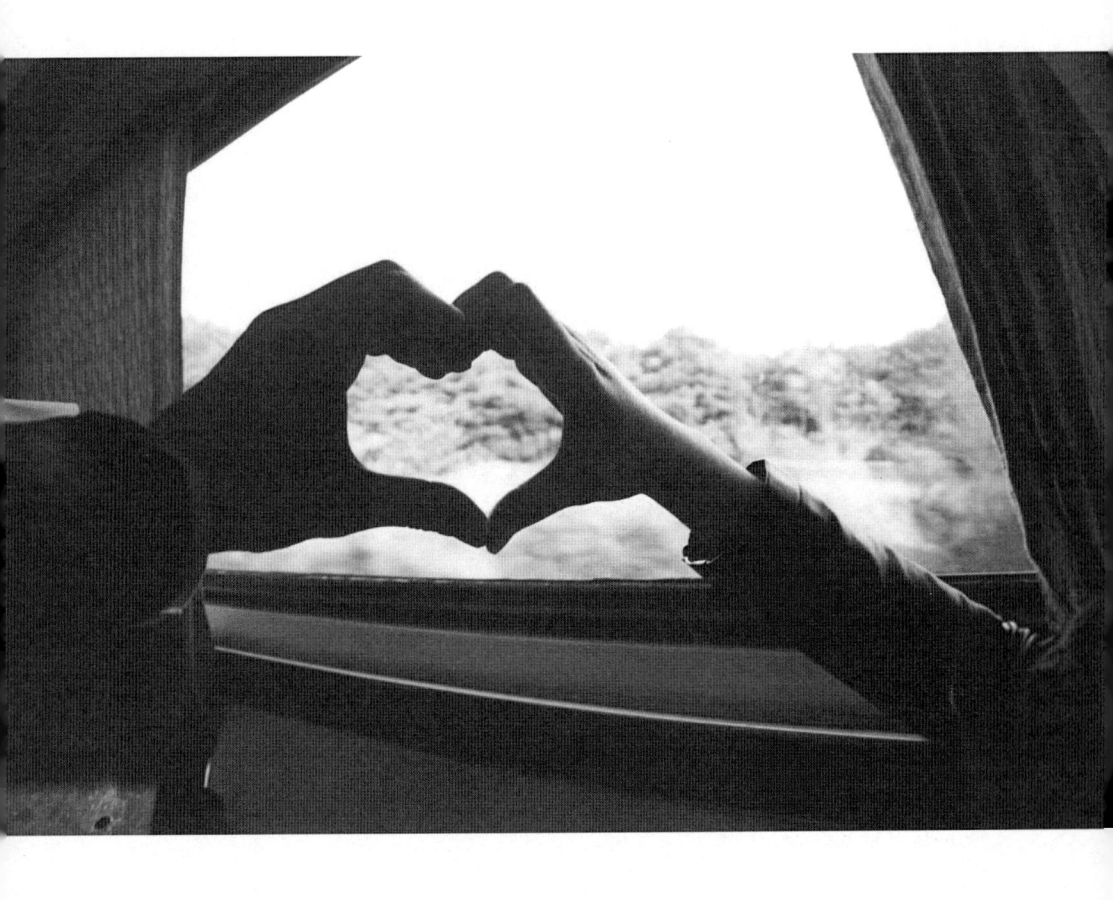

그대 나와 함께 존재함에
참된 고마움을 느끼고

나 그대와 함께 머무름에
참된 행복을 담아 갑니다.

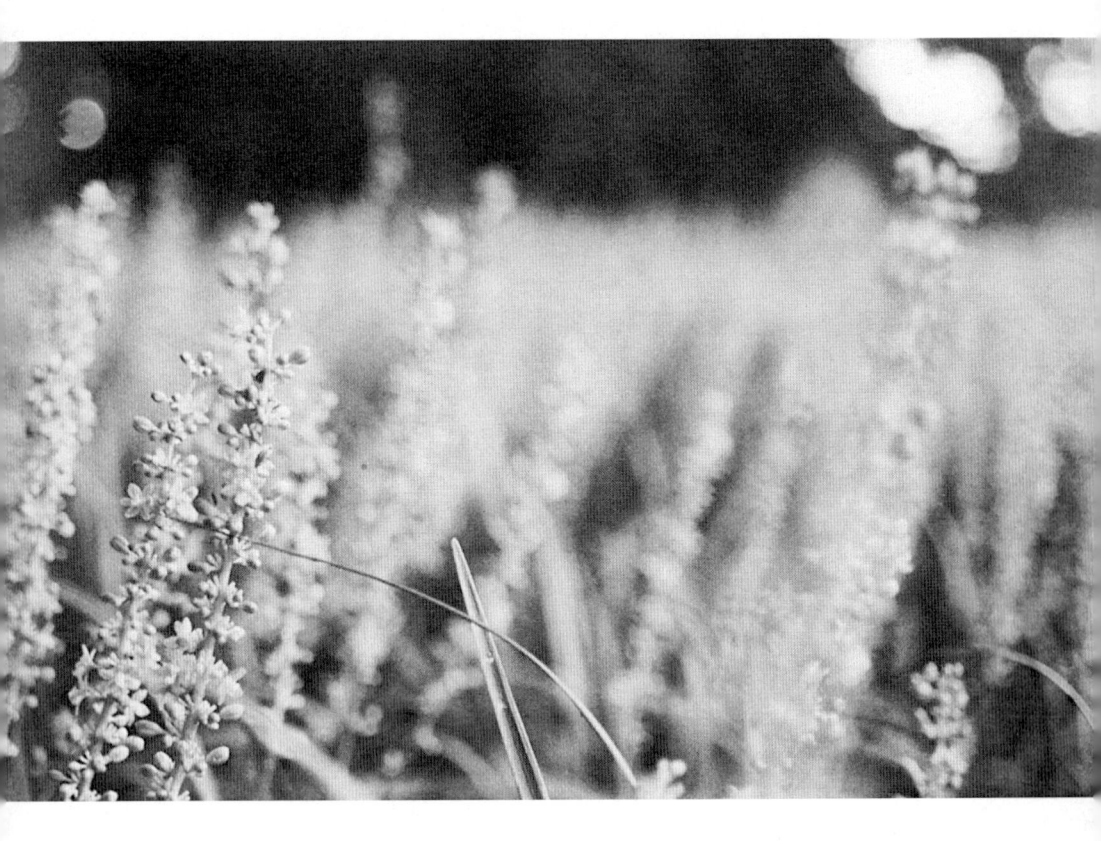

기억이 한없이 넓고 메마른 사막이라면
추억은 그 속에 숨어 있는 오아시스입니다.

추억은 기억의 범주 내에서 존재하며
추억은 언제나 촉촉하기 때문입니다.

슬픈 추억은 눈물에 젖어 촉촉하고
기쁜 추억은 웃음에 젖어 촉촉하고
행복한 기억은 저 하늘빛 스며들어 촉촉합니다.

추억은 결코 기억 밖에 존재할 수 없기에
추억은 결코 메마를 수 없기에
그래서 추억은 메마른 사막 속 오아시스입니다.

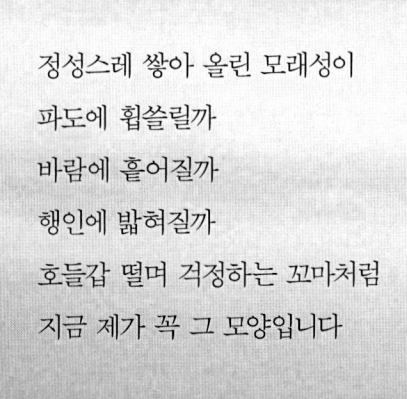

정성스레 쌓아 올린 모래성이

파도에 휩쓸릴까

바람에 흩어질까

행인에 밟혀질까

호들갑 떨며 걱정하는 꼬마처럼

지금 제가 꼭 그 모양입니다

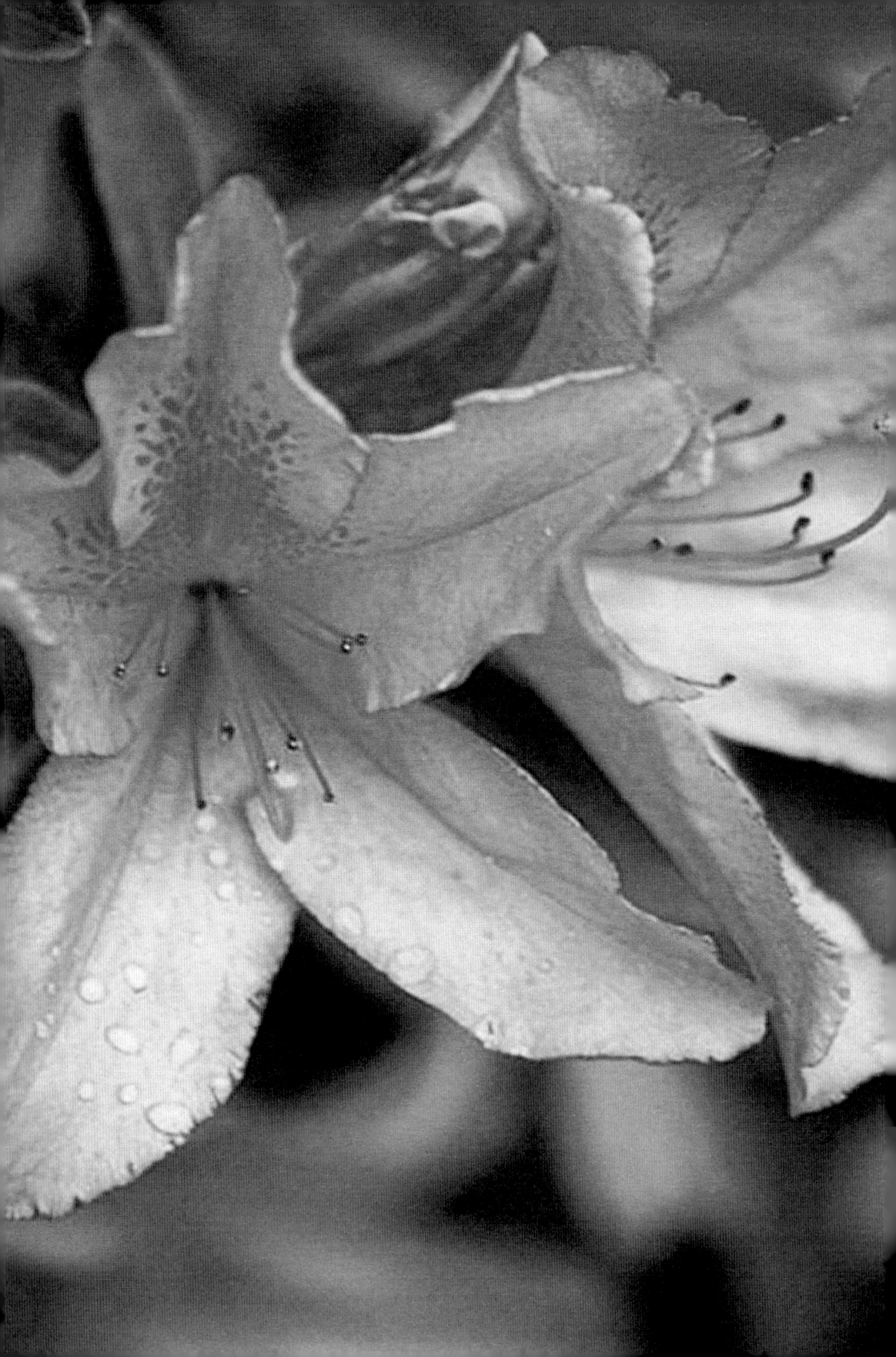

내뱉은 말 한마디

잘못은 응어리져 맺히고
미안함은 맺힌 한 방울 흐르게 한다.

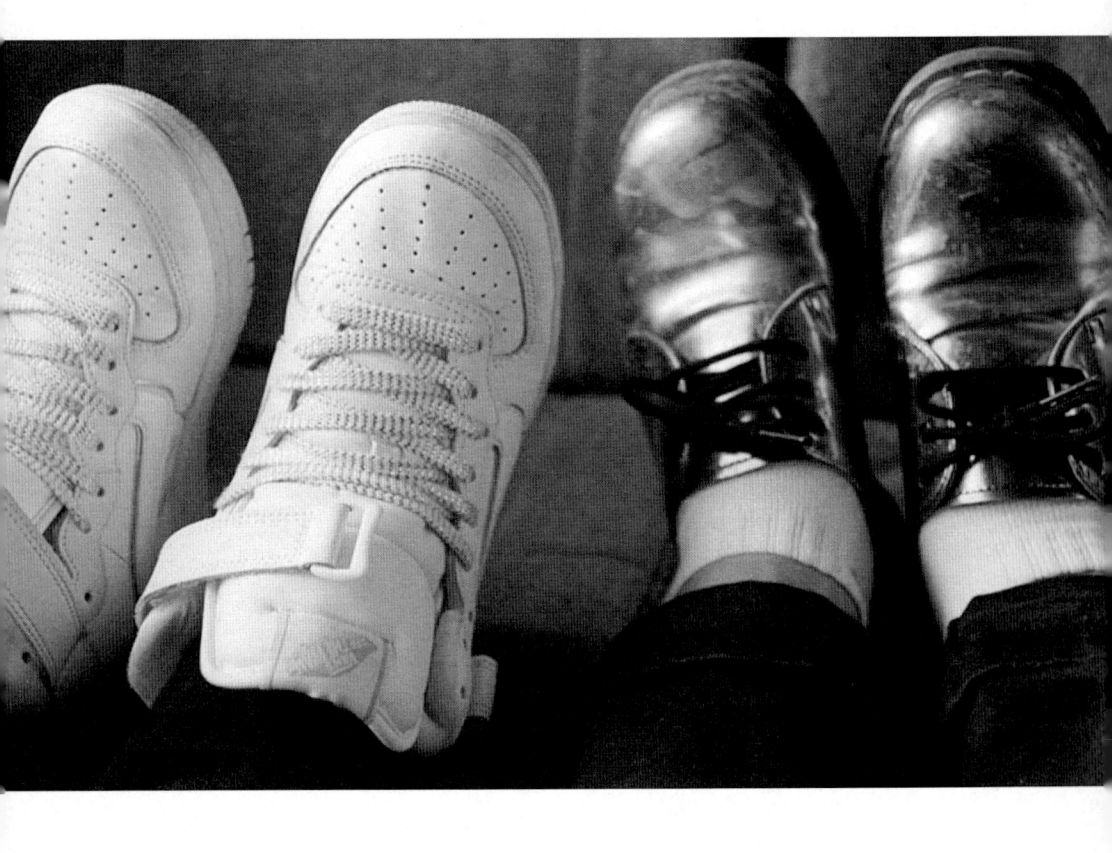

당신이 지금 마주하는 이와 이 순간 나누는 것은
일상의 소소한 '대화'입니까?
진솔한 당신의 '마음'입니까?

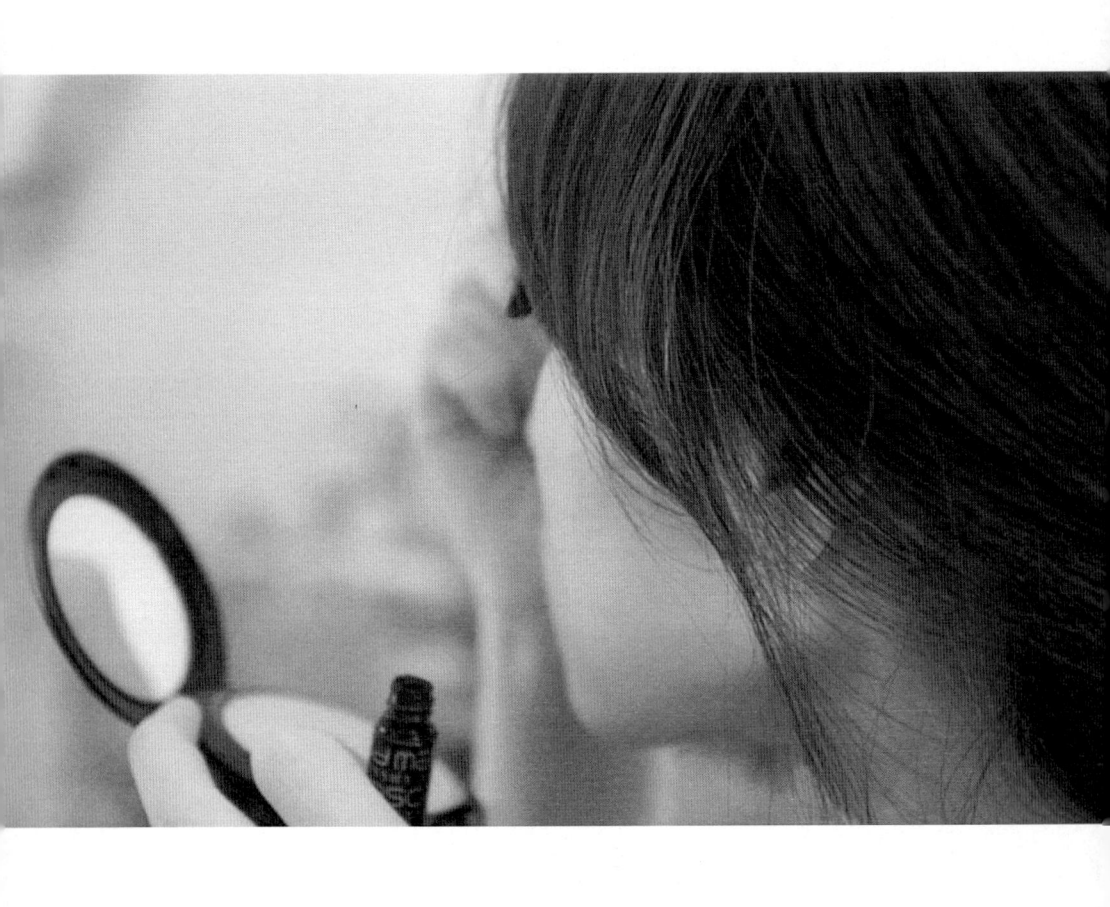

내가 네가 되어보지 않는 한

지금 웃으며 바라보는 네 눈빛 속에
한 줄기 눈물이 흐르고 있음을 알 수 없다.

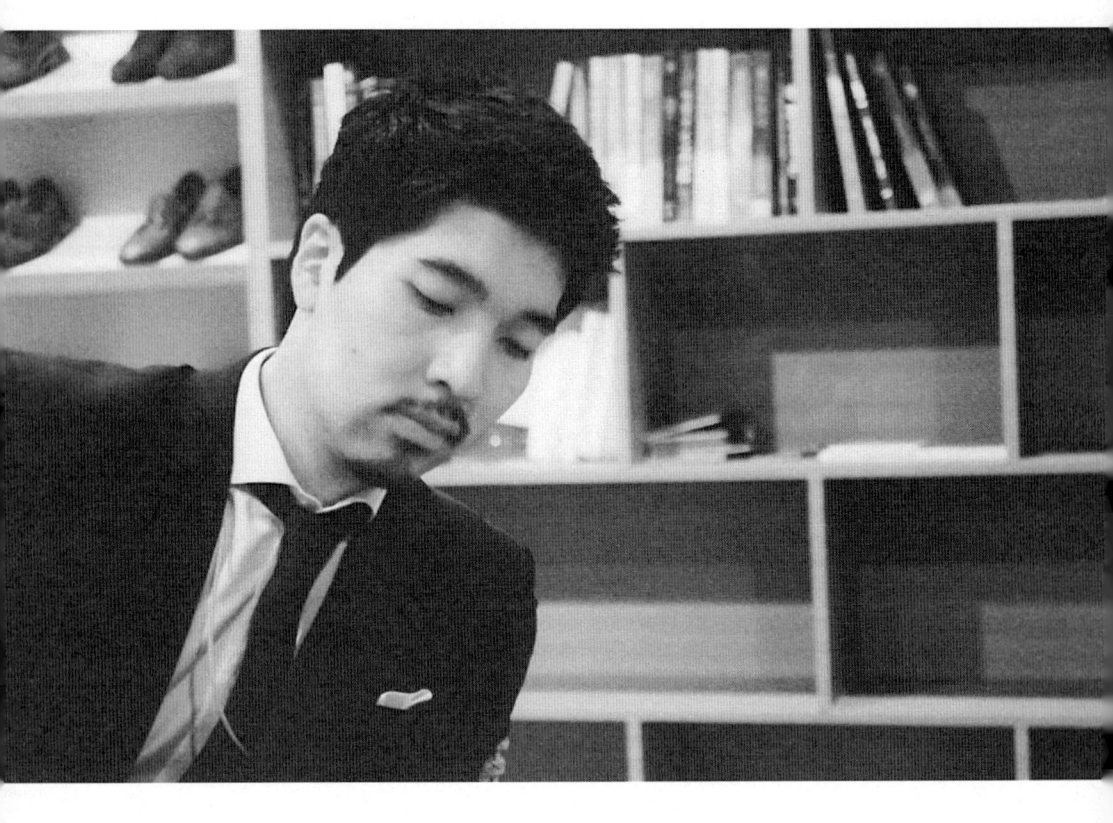

'나는 사람이 참 좋습니다.'
참 따뜻한 문장에 '그'라는 한 글자를 넣어
'나는 그 사람이 참 좋습니다.'라고 바꾸면

참 뜨거워진다.

내가 나를 모르는 사이,
내 몸이 머리를 추월해 반응하고 있다.

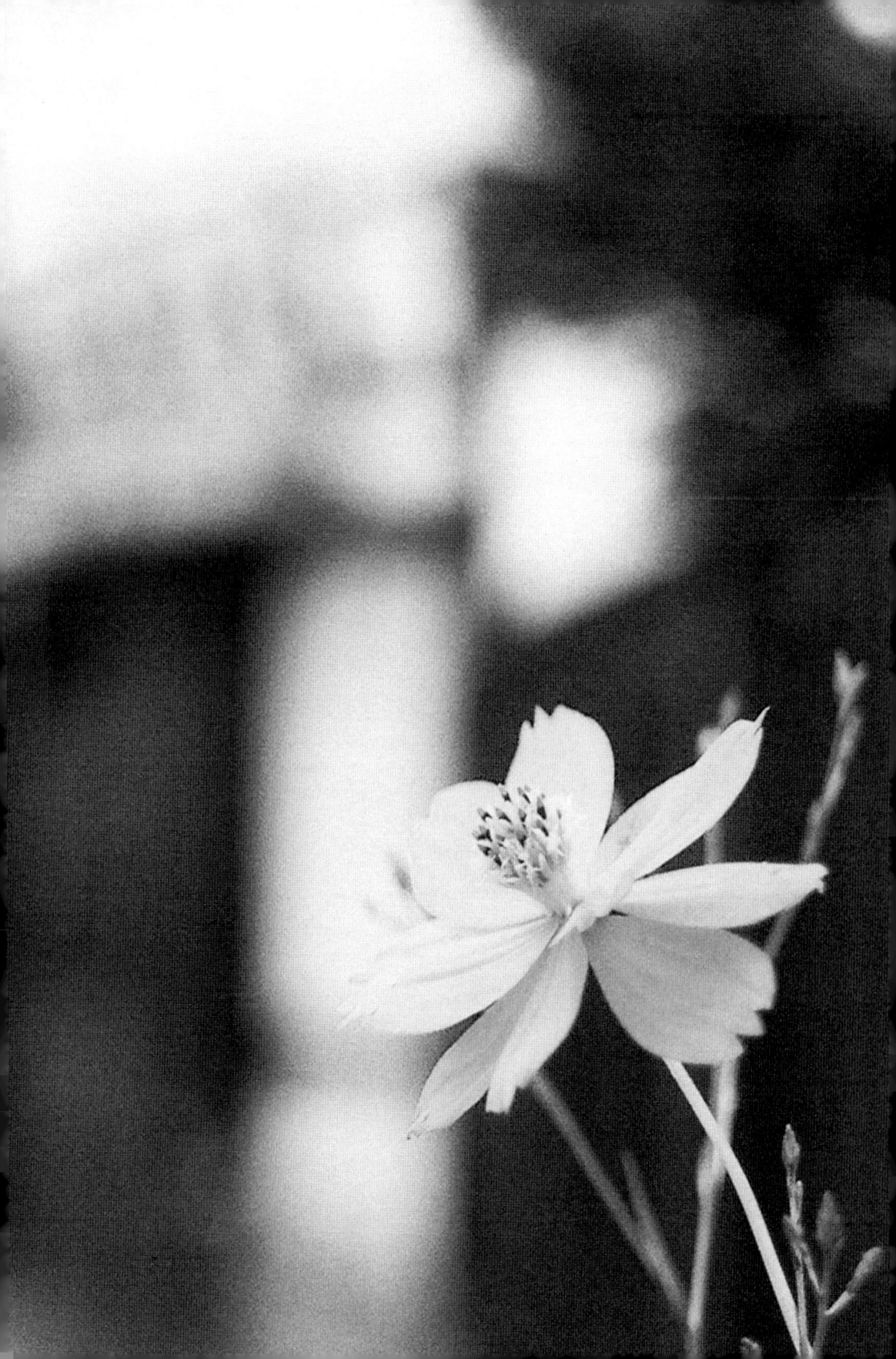

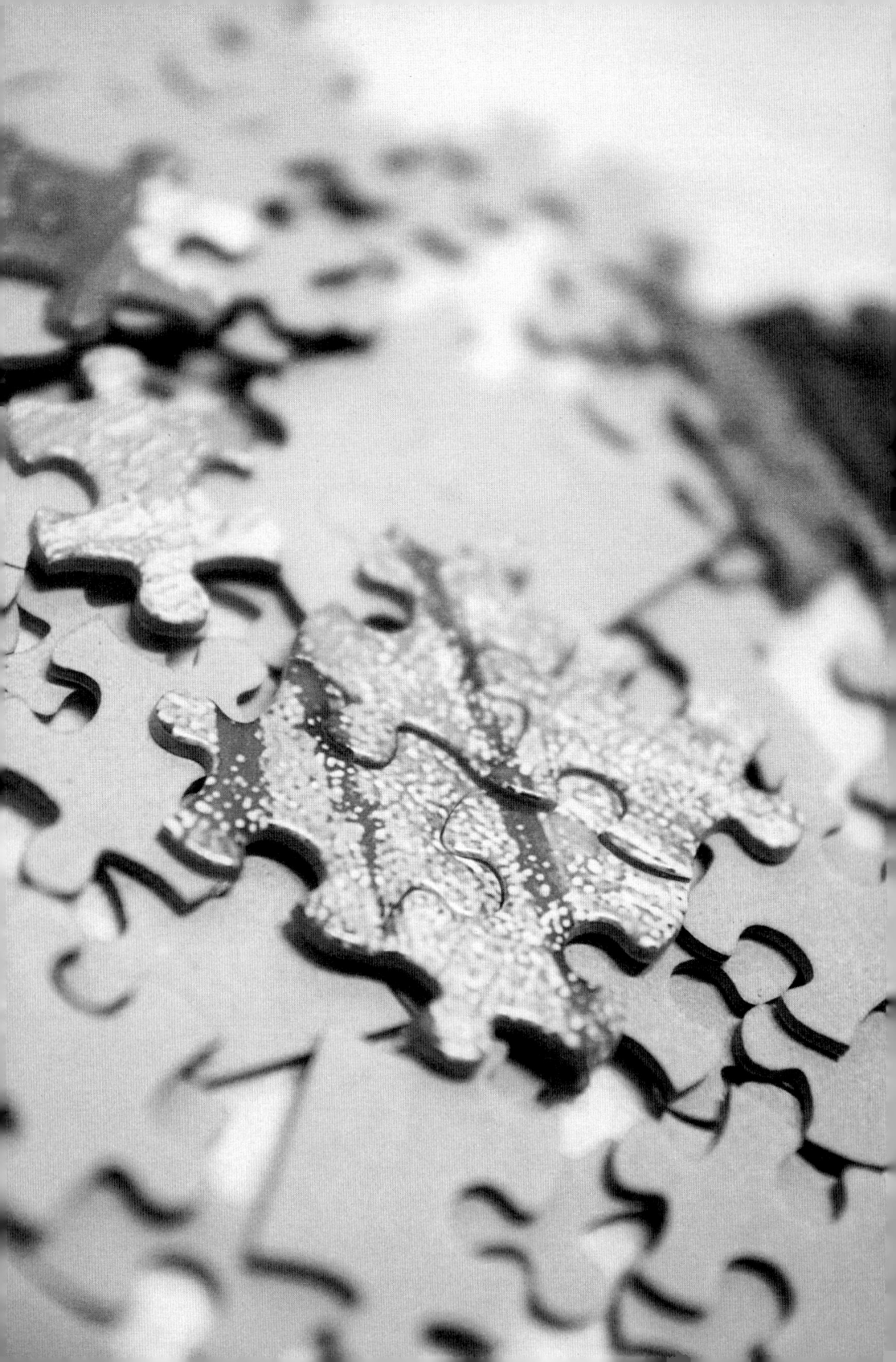

퍼즐 조각 속에도 우정이 스며들어 있다.

각자 저마다 모남과 부족함을 가지며
수많은 사람들 중 비슷한 사람을 찾게 된다.

서로의 모난 부분을 감싸주고
서로의 부족한 부분을 채워줄 수 있는 사람만이
'친구'라는 이름으로 함께 머무른다.

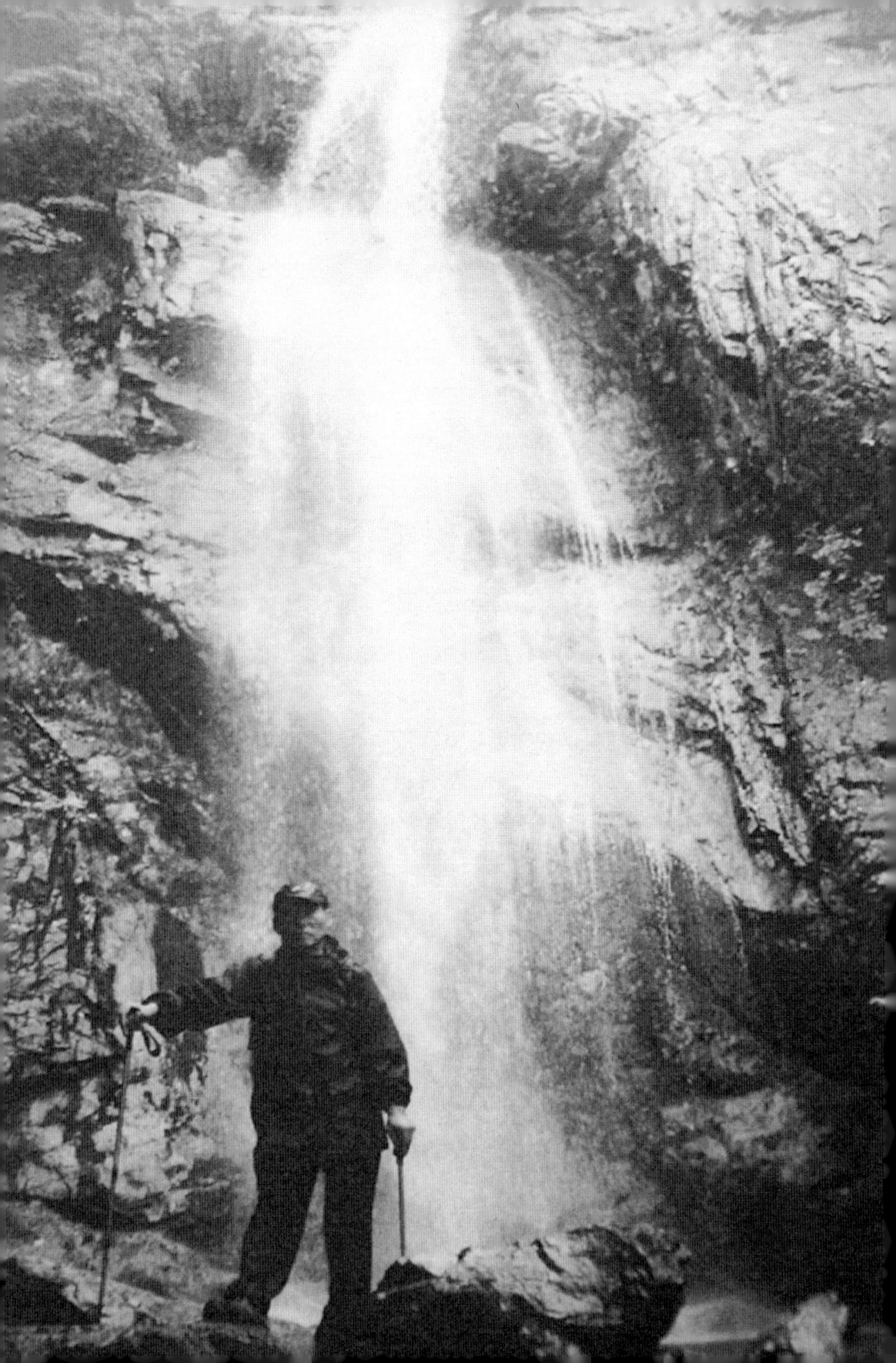

안개 속 우중산행雨中山行

부자父子는 반나절 산山을 소유함으로써

부자富者가 되었다.

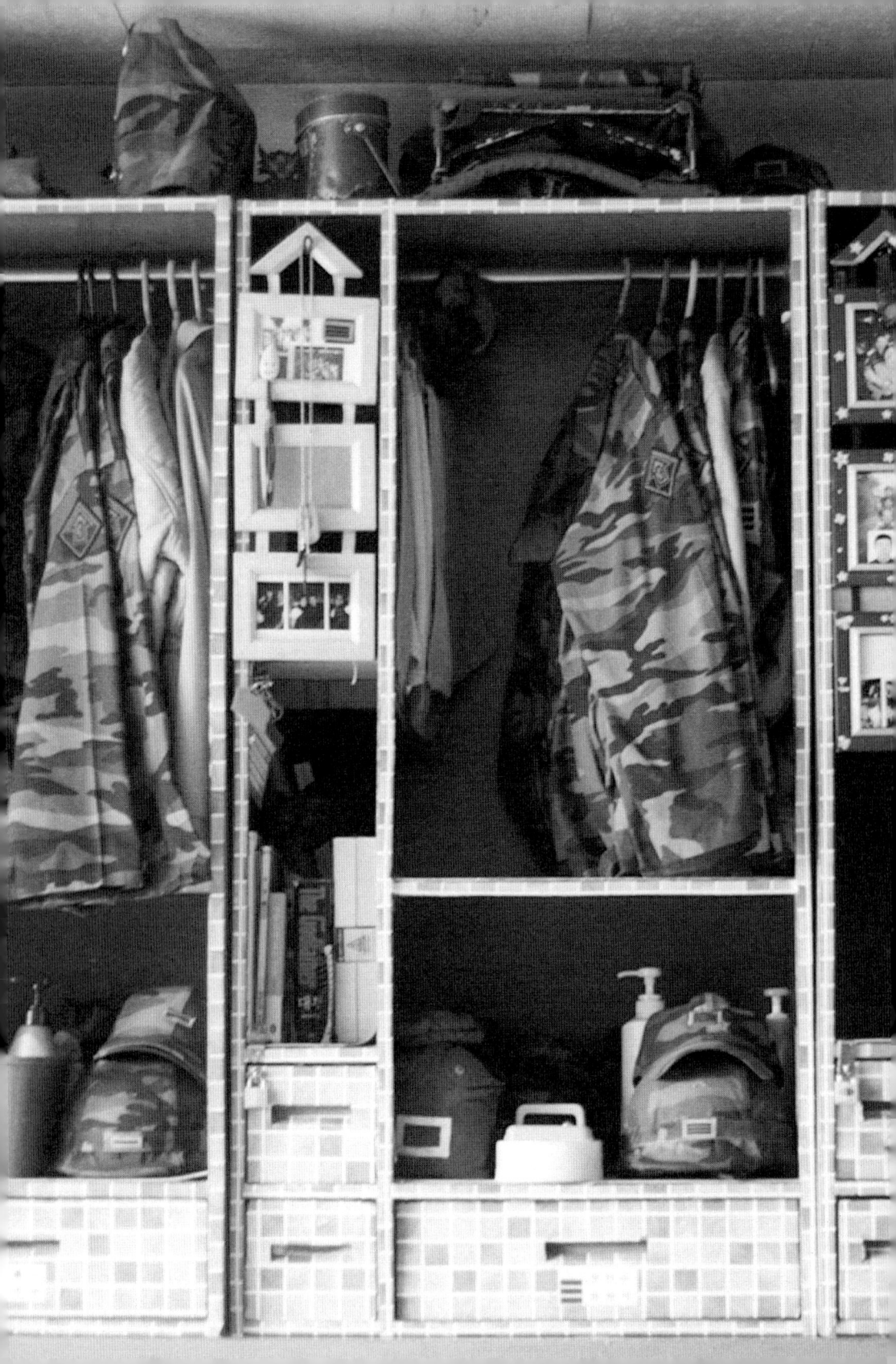

입대를 앞두고 친구들과 정신없이 시간을 보내고
그렇게 어영부영 가족과는 제대로 시간도 갖지 못하고
20년 남짓 언제나 곁에 있던 어머니지만
언제나 우선순위가 되지 못했던 어머니입니다.

신병훈련소에 입소하고
일주일 즈음이 지나면 대부분들 첫 편지를 받게 됩니다.
편지를 모두 나누어 주었을 무렵
여기저기서 흐느끼는 소리가 들리고
남자는 눈물을 흘리고 맙니다.

고작 일주일 훈련이 고되고 힘들어서도 아니고
고작 일주일 집에서 떨어져 살기 때문도 아닙니다.

삐뚤삐뚤 엉망인 글씨체
여기저기 틀린 맞춤법
어렵던 그 시절 형편이 어려워 먹고 사는 데만 바빠
많이 배우지 못해 부족한 실력으로 빼곡히 써내려간
그 편지를 읽으며
그래도 아들에게 편지 한통 보내고픈 그 마음이 아련해서
'엄마는 언제나 우리 아들을 믿는다.'는 그 말이 고마워서
평소에는 하지도 않던 마지막 그 한마디가
'우리 아들 사랑해'라는, 그 한마디가 한 치의 의심도 품을 수 없는
참 사랑임을 태어나 처음으로 깨닫기에
남자는 눈물을 흘립니다.

너무도 커다란 사랑이 감사해서
너무도 커다란 사랑이 죄송해서
남자는 눈물을 흘립니다.

어머니 사랑합니다.

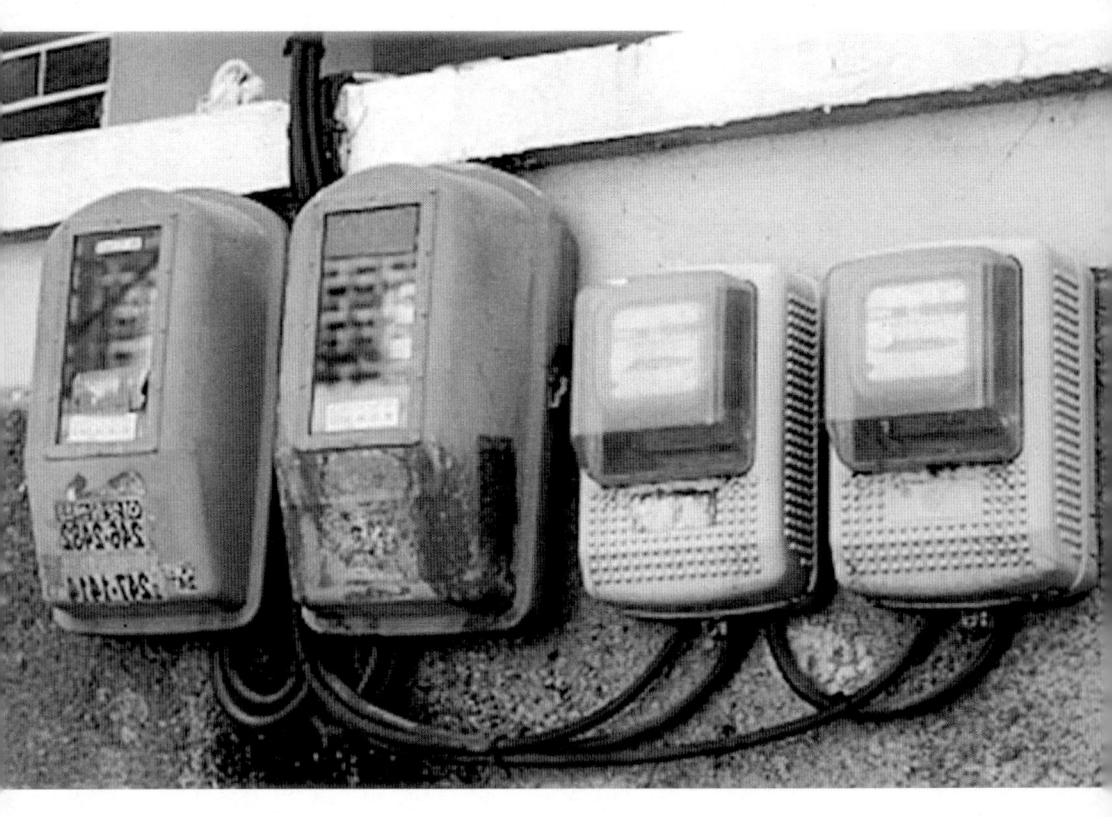

그리고, 사랑하는 가족

가을

외로움(獨)

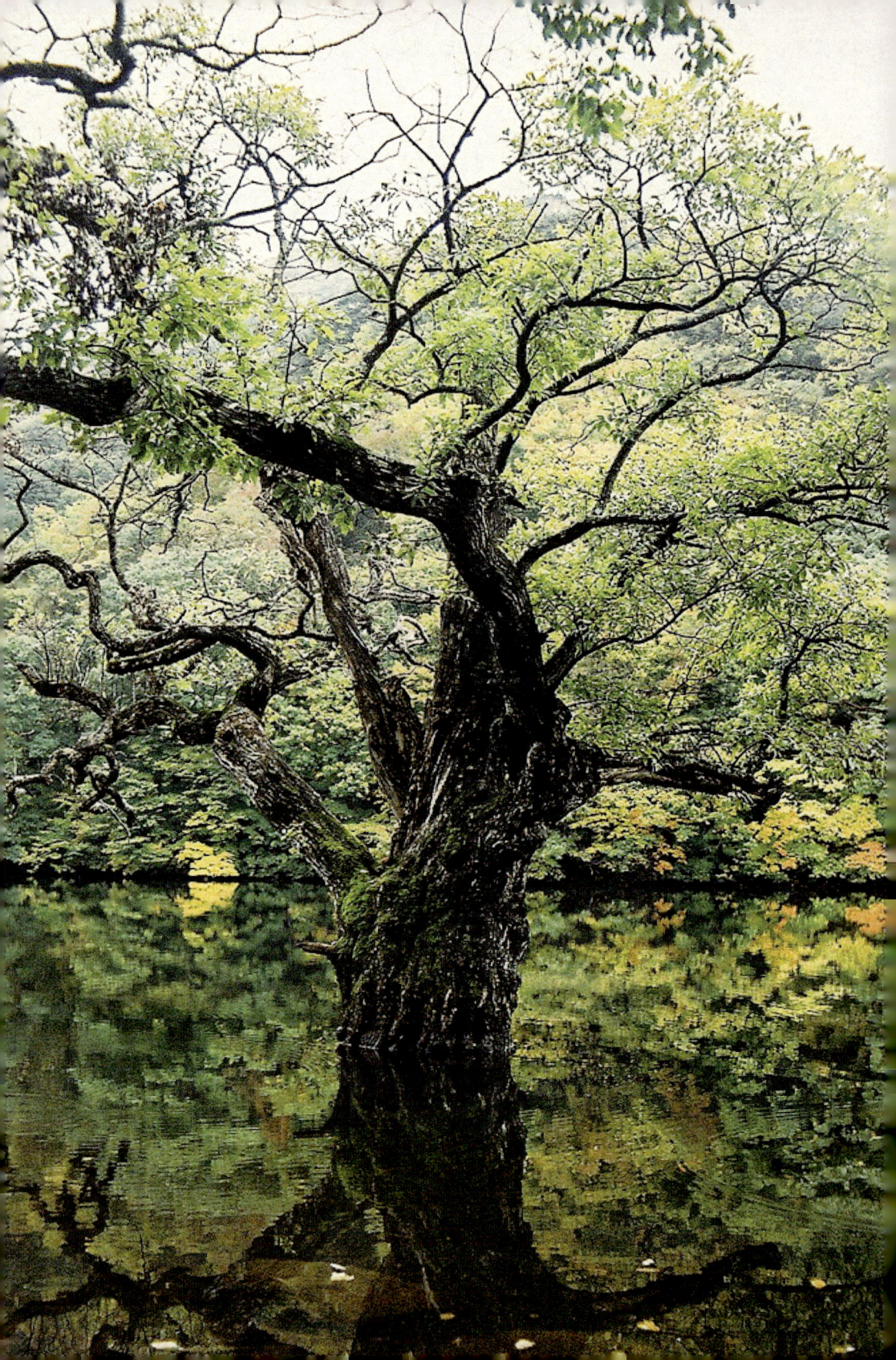

혼란 속 나와 마주하는 시간이 늘어 갈수록,
스스로를 짓누르는 상념의 무게 또한 늘어만 간다.

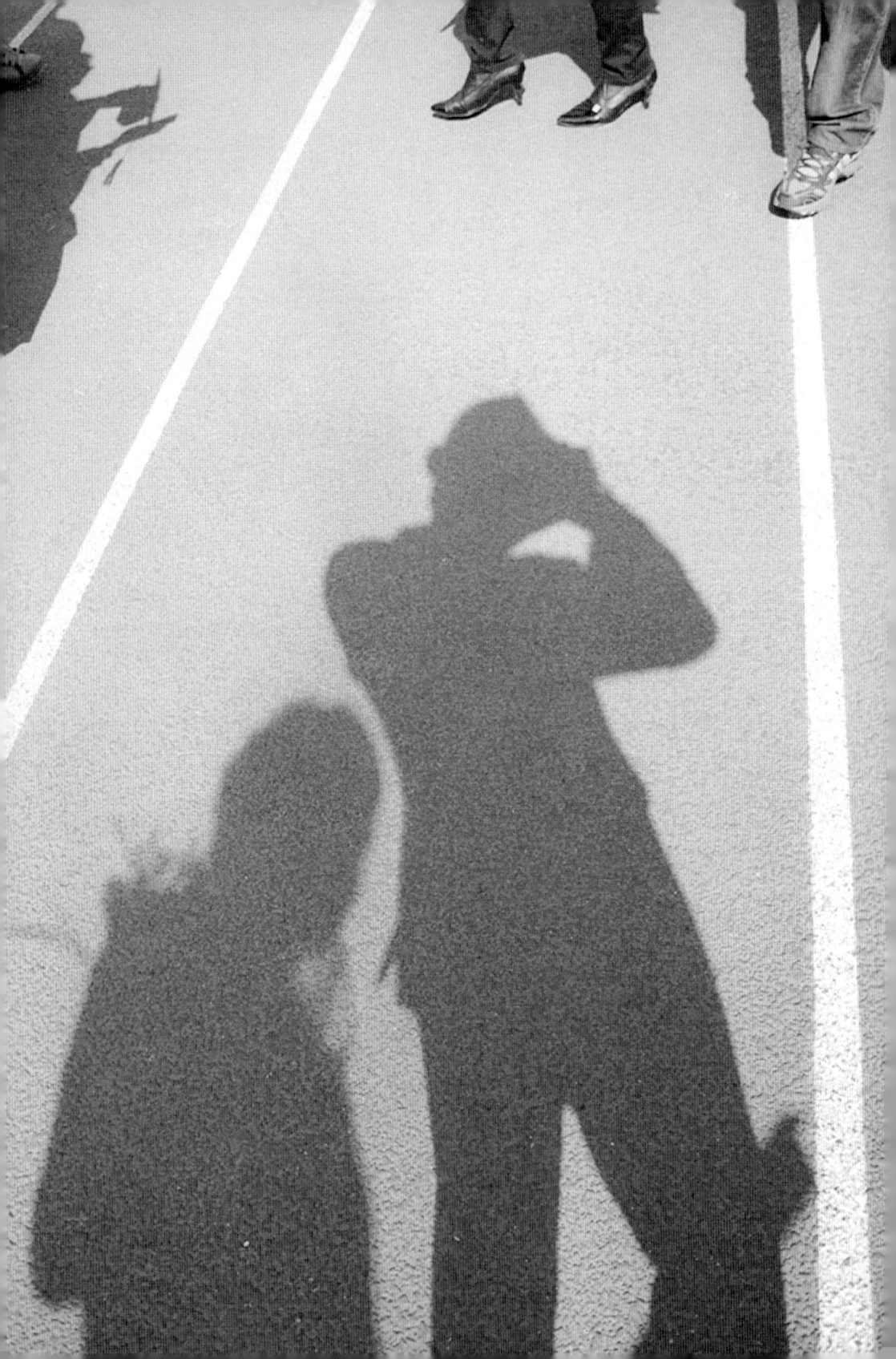

나는 네가 생각한 대로의 사람일까?
나는 내가 생각한 대로의 사람일까?

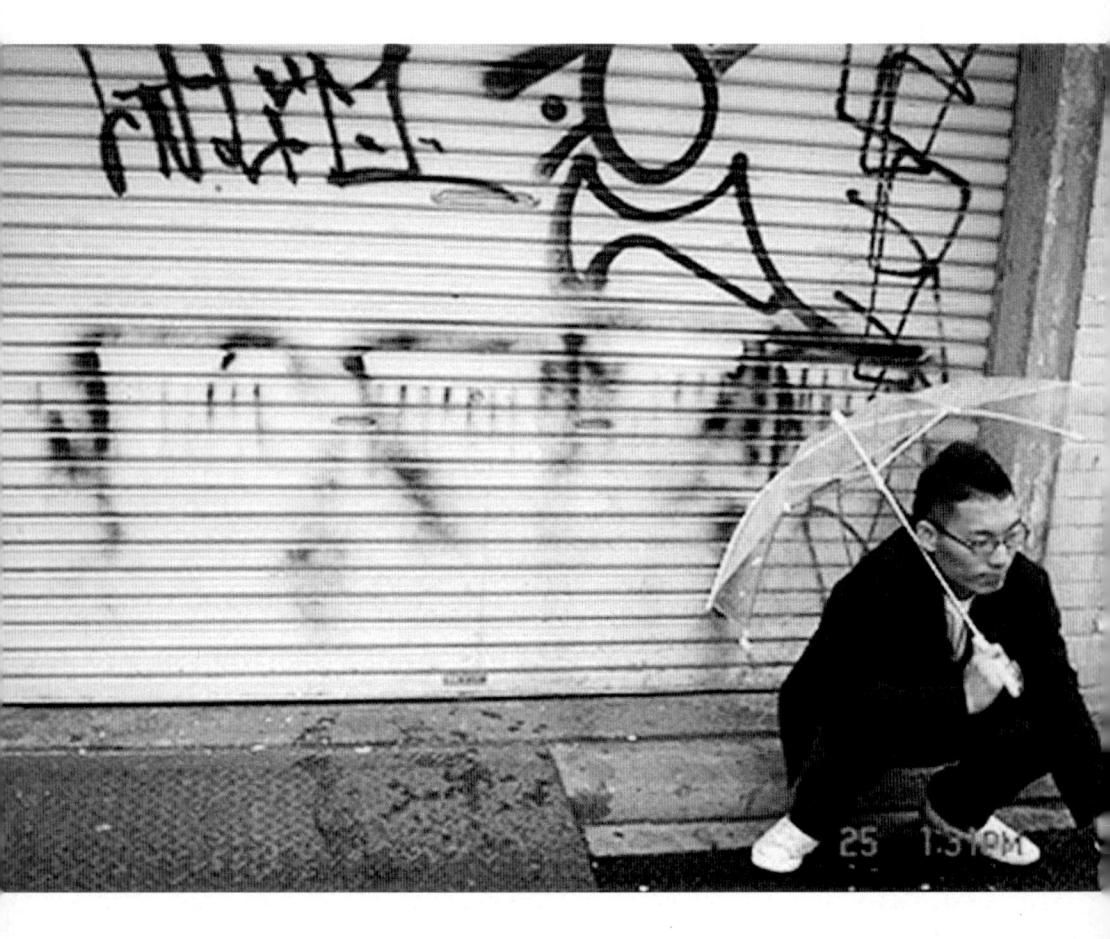

'하고 싶다.'라고 생각하지만
'할 수 있다.'라고 생각되진 않는다.

어쩌면 그것이 제자리걸음을 반복하며
주저앉아 일어서지 못하는 이유인지도 모른다.

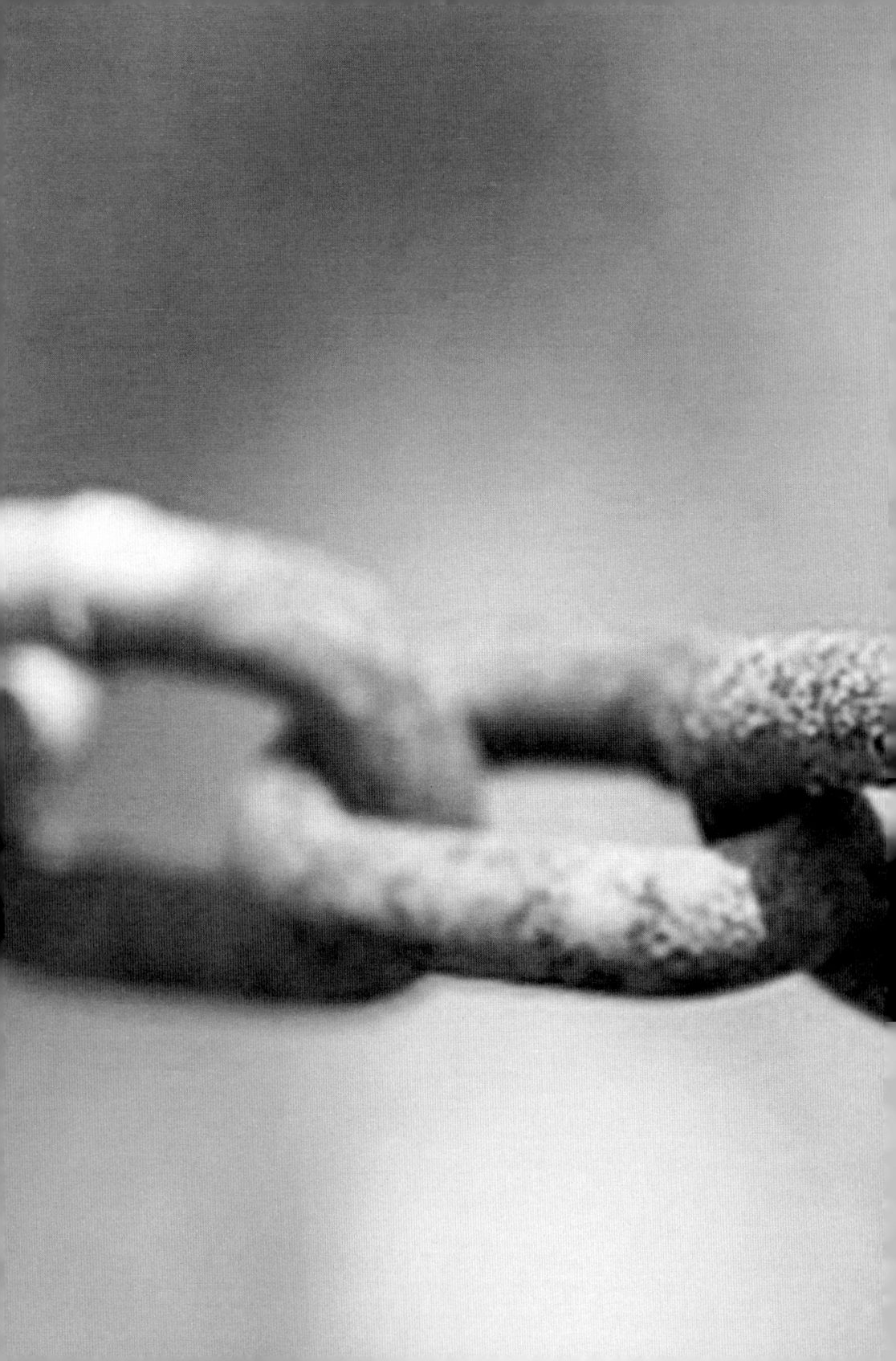

세상 무엇보다도 단단히 이어졌던
쇠사슬 또한 붉게 물들어 병들어만 가는 것을.

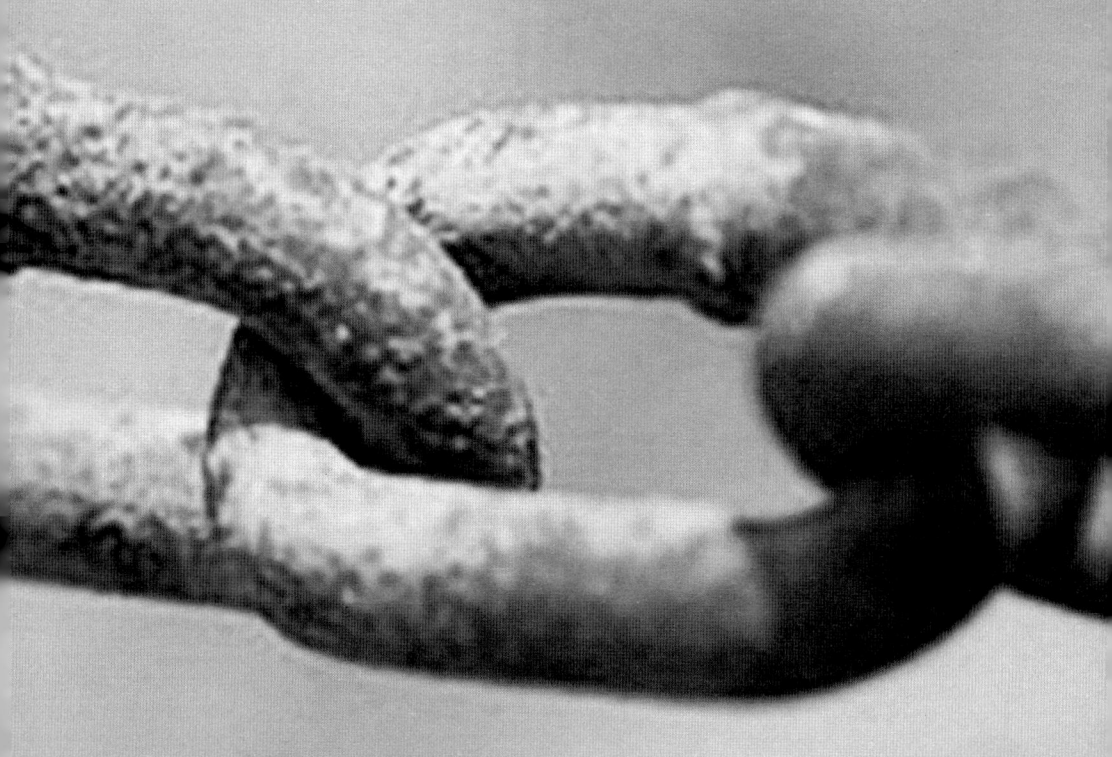

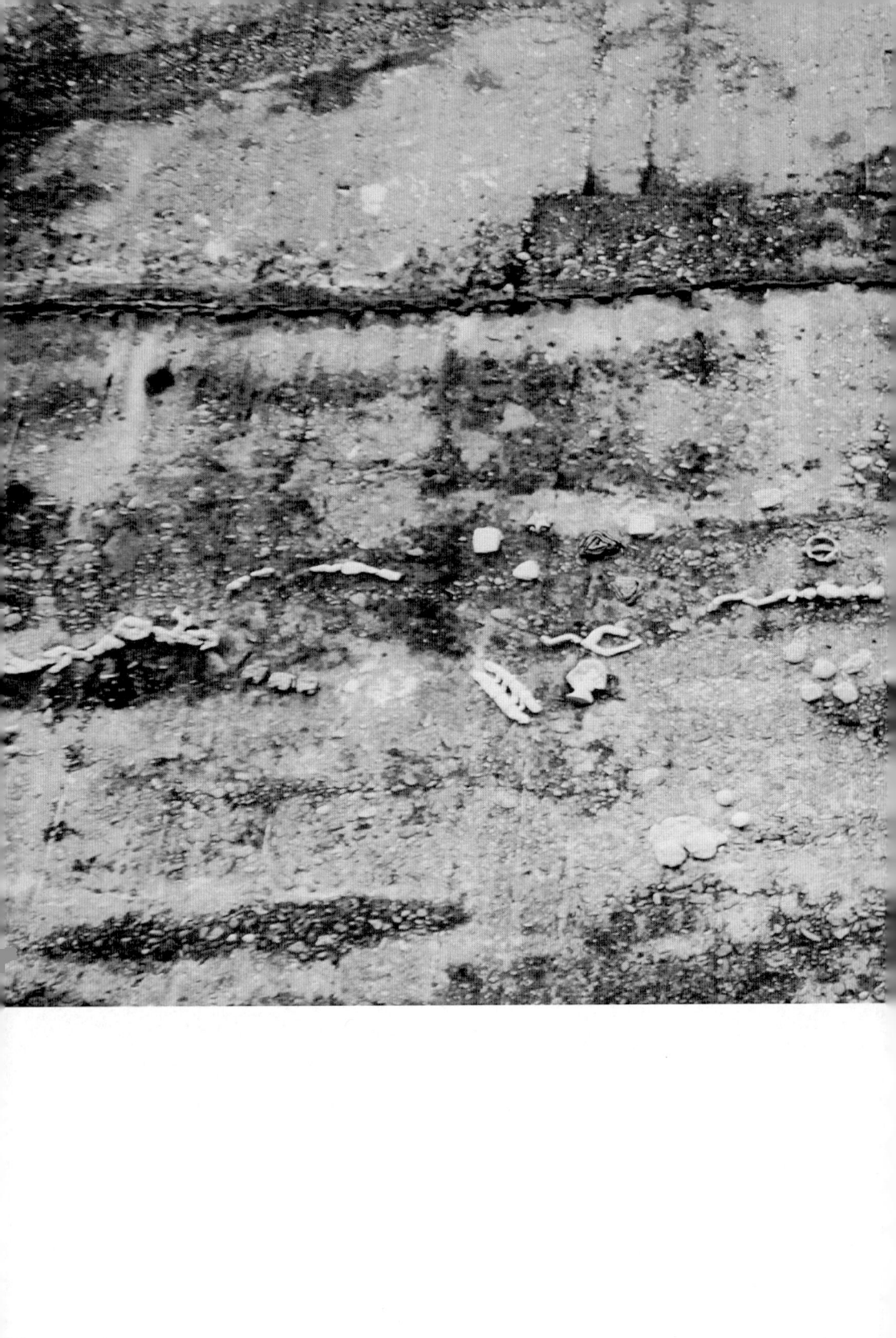

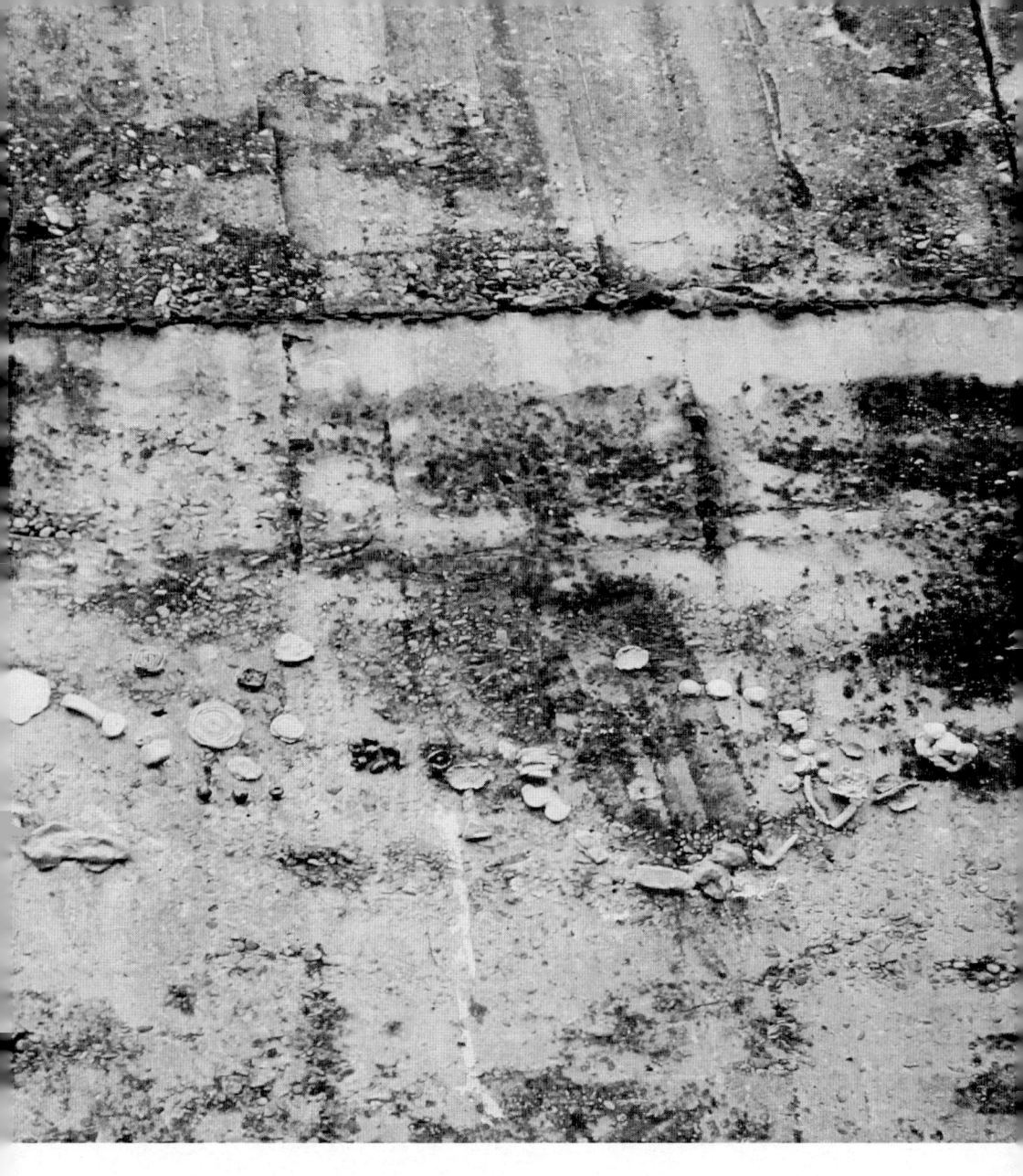

현실은 클릭 한번으로 로그아웃
할 수 있을 만큼 녹녹치 않다.

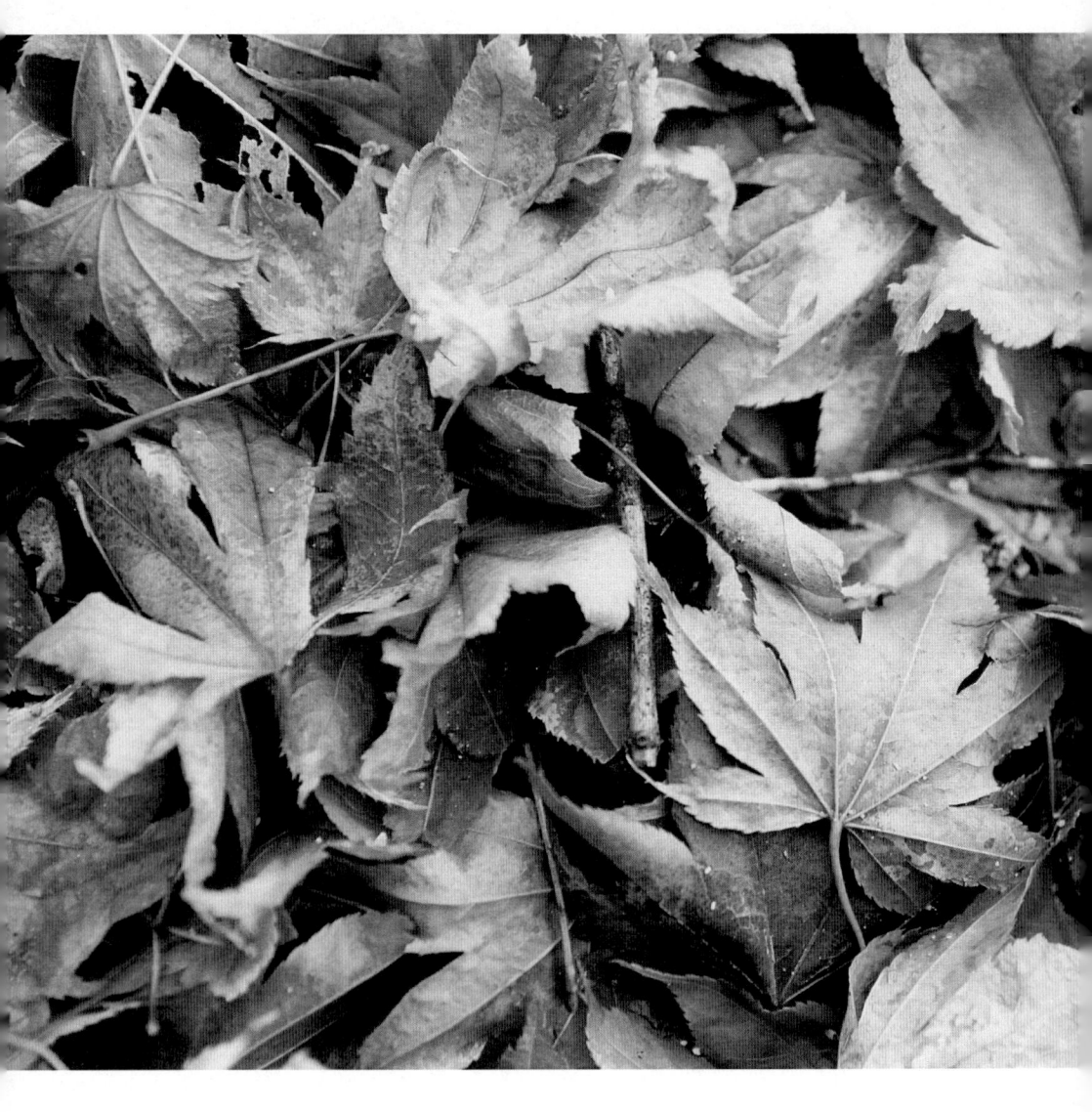

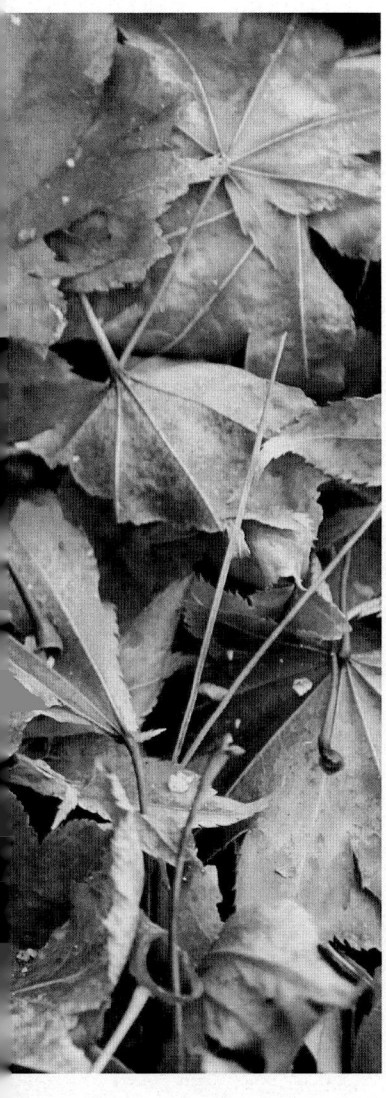

새파랗게 돋아났던 그 잎은
열정으로 온 세상 빨갛게 물들이고

불어오는 새 찬바람에 떨어져
선홍빛으로 아스팔트에 스며든다.

그 바람이 무엇인지
그 바람은 어디에서 왔는지
알 수 없기에
애절함은 더해진다.

아직은 때가 되지 않았음에
억울한 낙하에 비통하고
그 흔적 없는 잊혀짐에
석양 또한 눈시울을 붉힌다.

가지 마라 가지 마라 외치건만
지켜주지 못한 미안함만을 남긴 채
너는 그렇게 말없이 떠나간다.

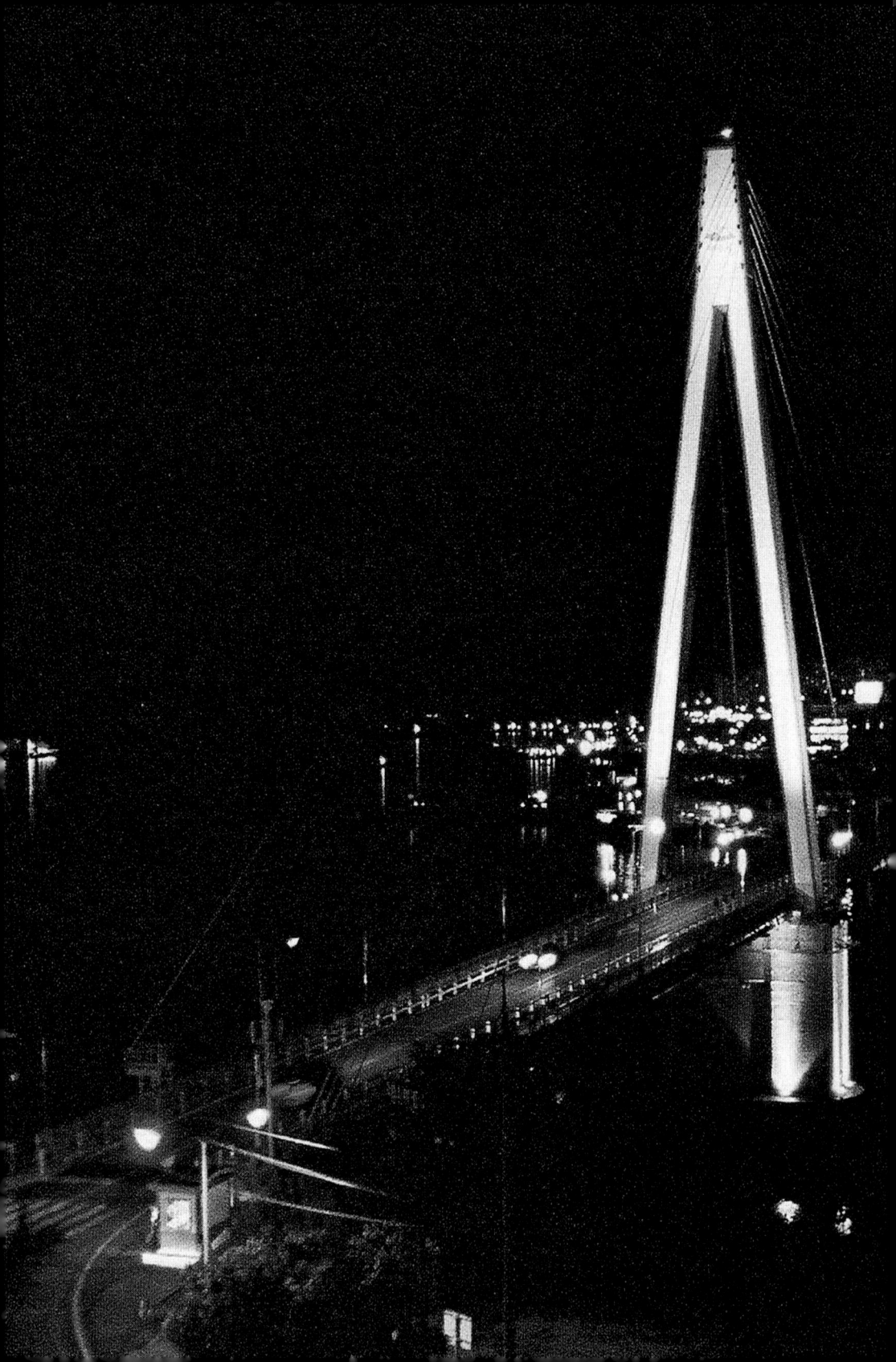

밤이 깊어 떠오르는 감성을
해가 뜨고는 표현할 수 없기 때문에
타인과의 충돌이 발생한다.

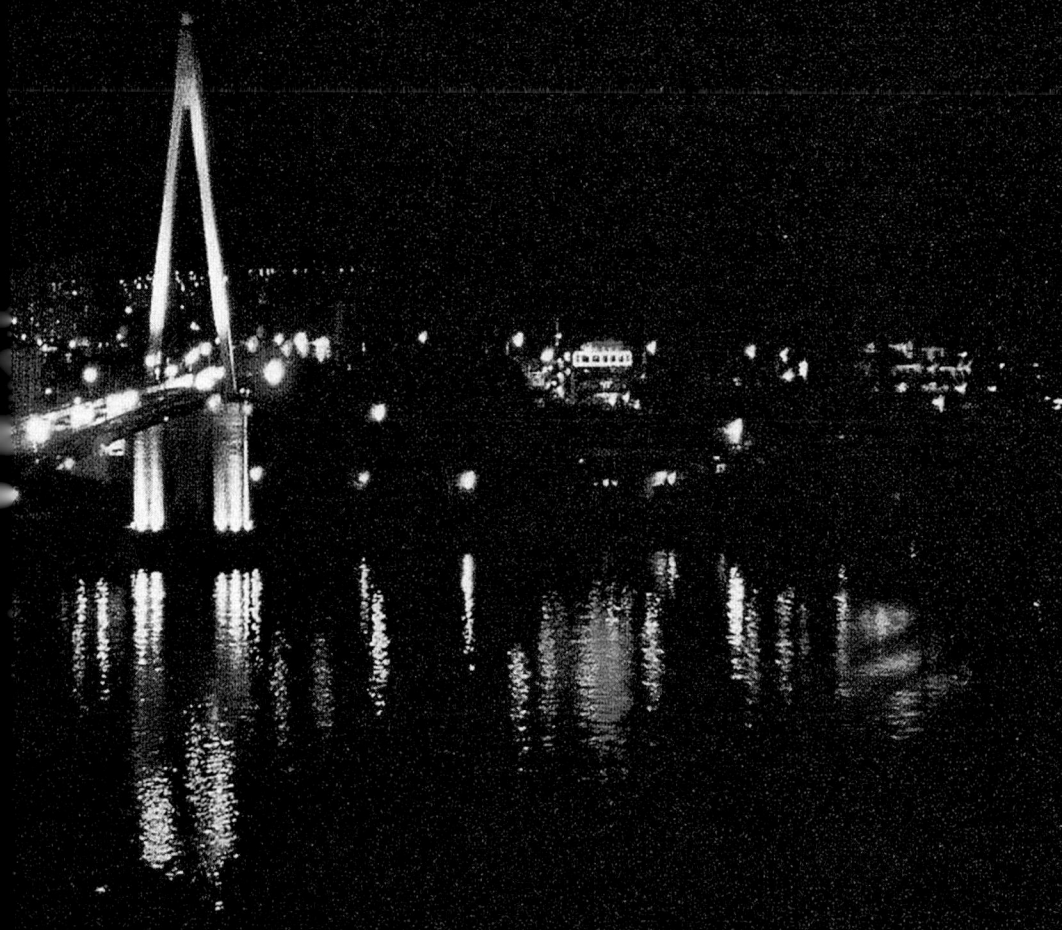

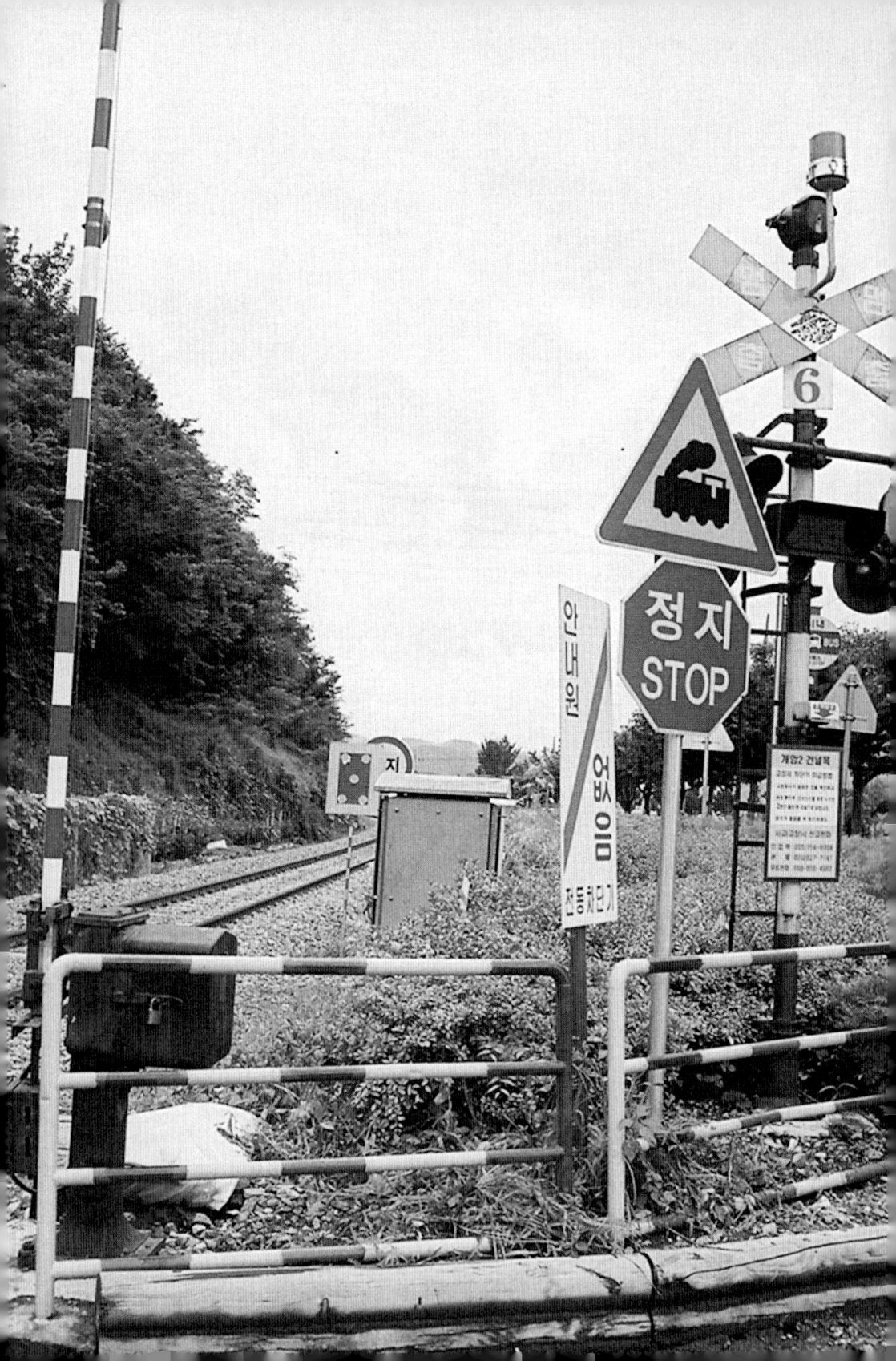

이십 대가 되면 누구도 나에게 요구하고 안내하는 바가 없다.

스스로 선택지를 만들고 그 안에서 답안을 찾아야만 하기에
그렇게 정답 없는 문제들을 홀로 해결해 나가야 하기에
이십 대에는 모두가 고독하고 아픈 건가 보다.

어른이 되어서도 하고 싶은 일만 찾아 헤매고
해야만 하는 일을 외면하는 것은

분명, 중증이다.

독백.

항상 그렇지는 않지만
가끔은 잘 차려진 밥상에서도
한가롭게 거니는 길에서도
한밤중 방안에서도

왜인지 모를 아쉬움과 공허함이 느껴진다.
그것이 외로움이란 것은 해가 뜨고 나서야 알게 된다.

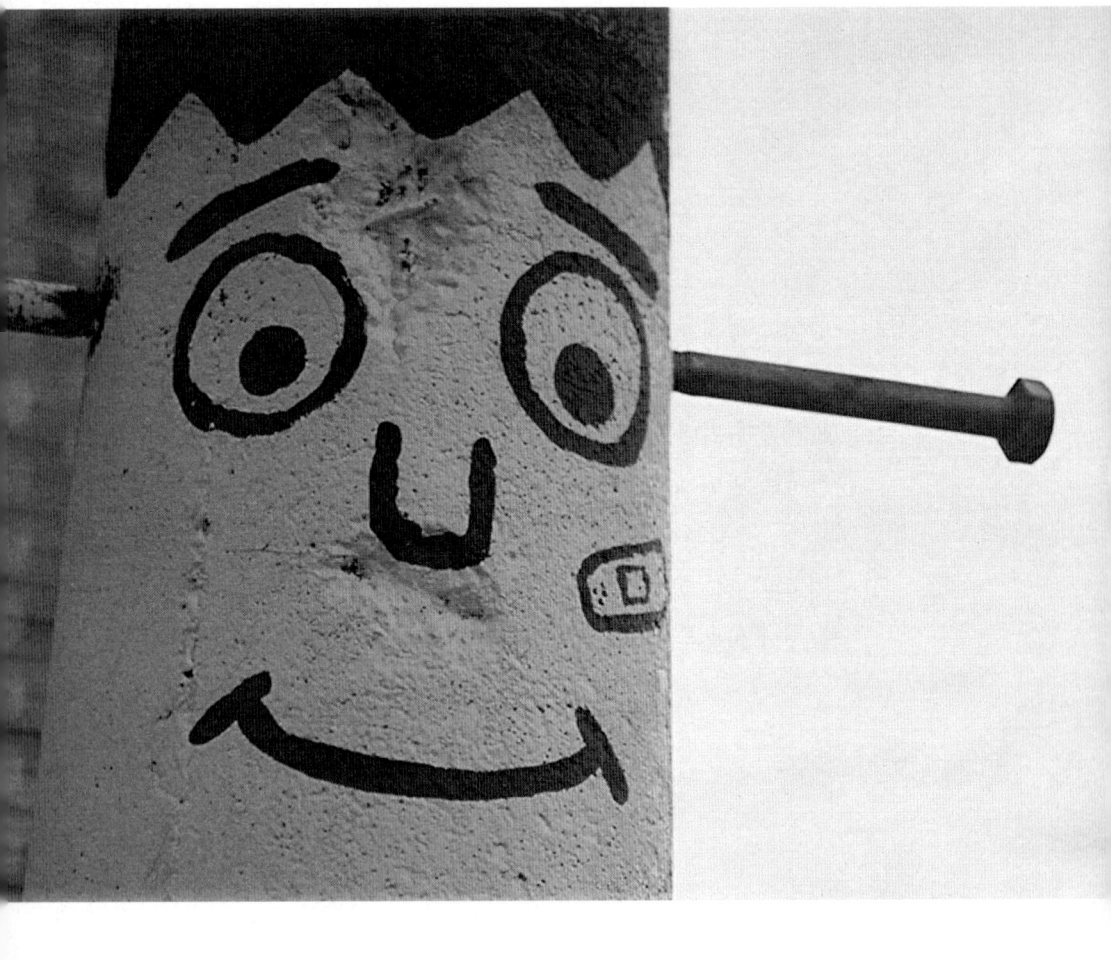

단지, 핑계거리를 늘려가며
한 발짝 내딛지 못한 채
아무 일도 하지 않은 채

내일도 오늘과 다름없는
하루가 찾아올 것 같아 겁이 납니다.

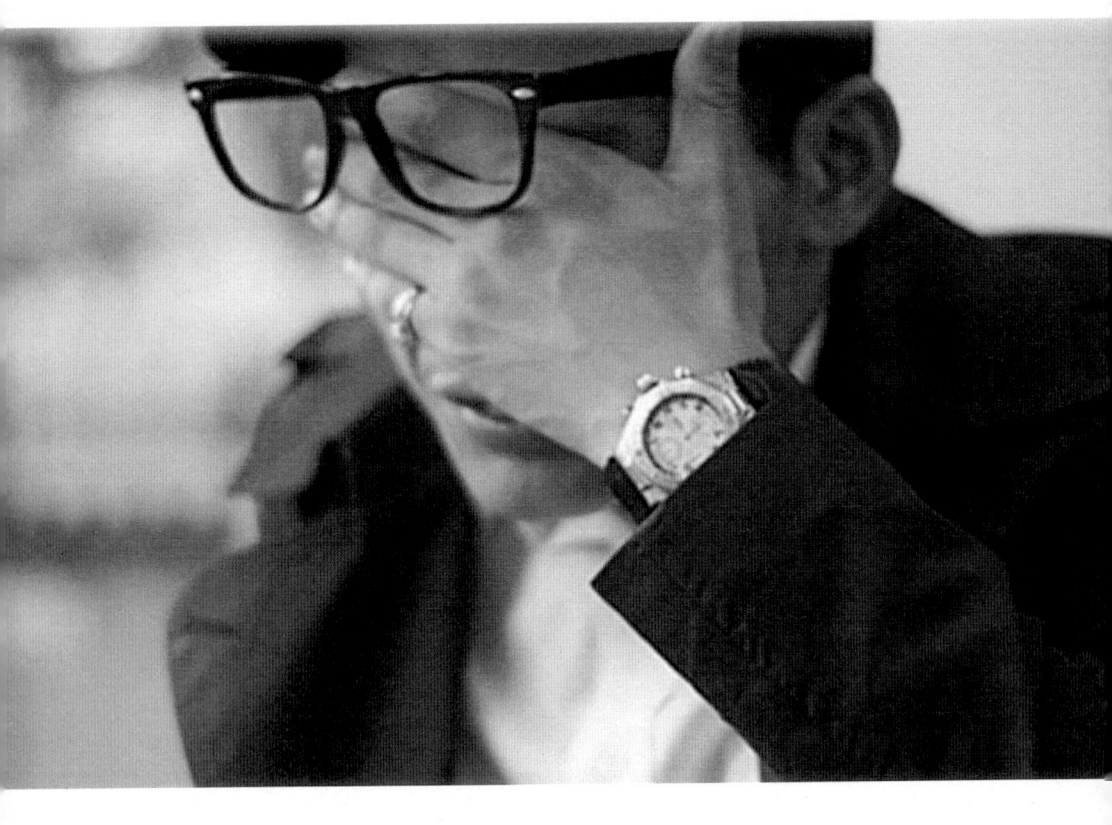

왜 그런 날 있잖아.
사무치도록 감성적이고 싶은 그런 날

스쳐가는 작은 글귀에도 눈물이 맺히고
불현듯 떠오르는 누군가의 얼굴에 입가에 미소가 맺히고
오랜 친구와 마주앉아 소주 한잔 들이켜 넣고
술이 아니라 감싸 안은 기분에 취하고 싶은 그런 날.

맹인이 아님에도
보이지 않는 척
벙어리가 아님에도
말하지 못하는 척
바보가 아님에도
바보인척 할 수 있음이
나만의 세상
만들어가는 방법

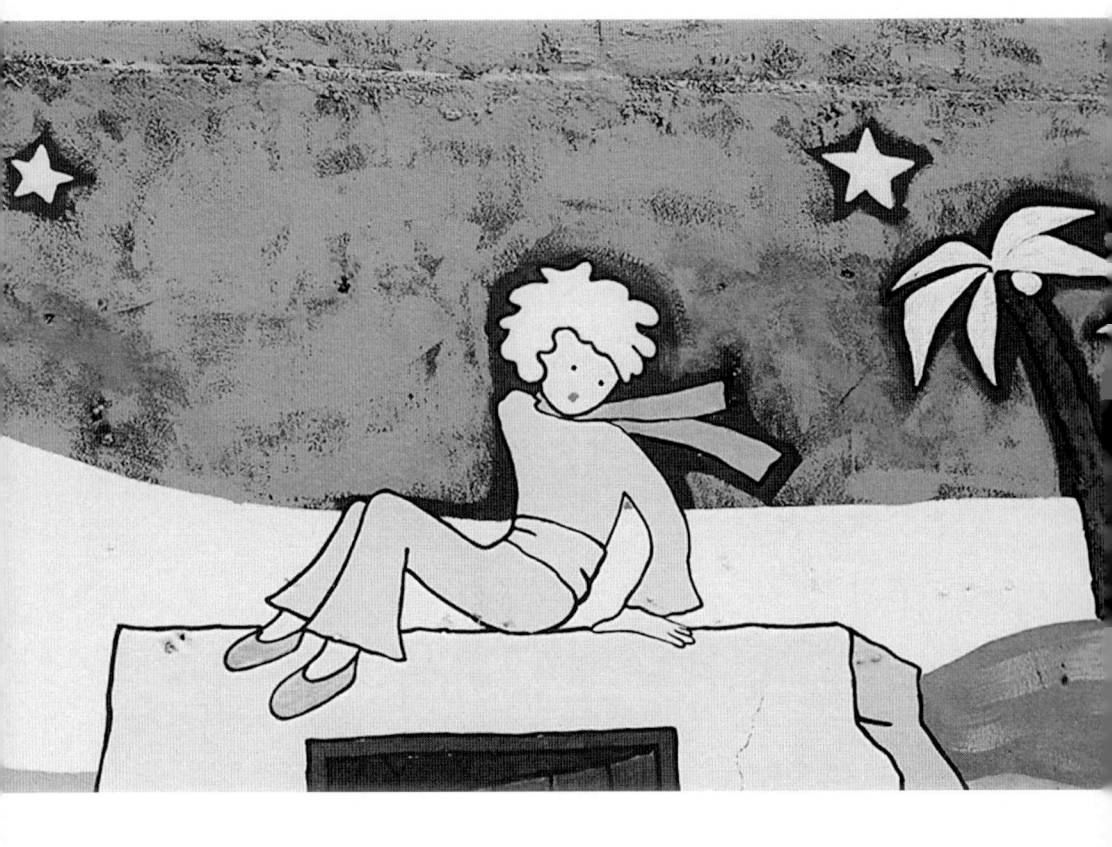

아직은
만화책 주인공처럼 되고 싶은가보다.

아직은
나이가 많은 어린아이로 남고 싶은가보다.

선과 악의 분명한 기준점은 존재치 않고
선이 옳다하며 악의 존재를 부정할 수 없음일뿐더러
옳은 것만을 정의이자 선이라 말해서는 안 된다.

행위의 가치는 언제나 변하는 법
그것을 판단하는 것은 해석하는 사람의 주관이며
이해와 포용은 삶의 미를 더해주지만

이타적인 삶을 꺼려하는 작금에
이상과 현실의 괴리감에 휩싸여
고통 받는 수많은 이들이 소신을 지킬 수 있다 하기에는
너무도 무기력한 것이 현실이기에 고개 떨궈 땅을 바라볼 뿐이다.

이상과 현실의 그 거리감을 좁혀가는 것이
삶의 이유이며 목적이라 한다면
무던히도 노력해야 하는 것이 옳다 하겠지만은
이 답답함은 더할 나위 없는 상념의 무게로 짓눌러만 간다.

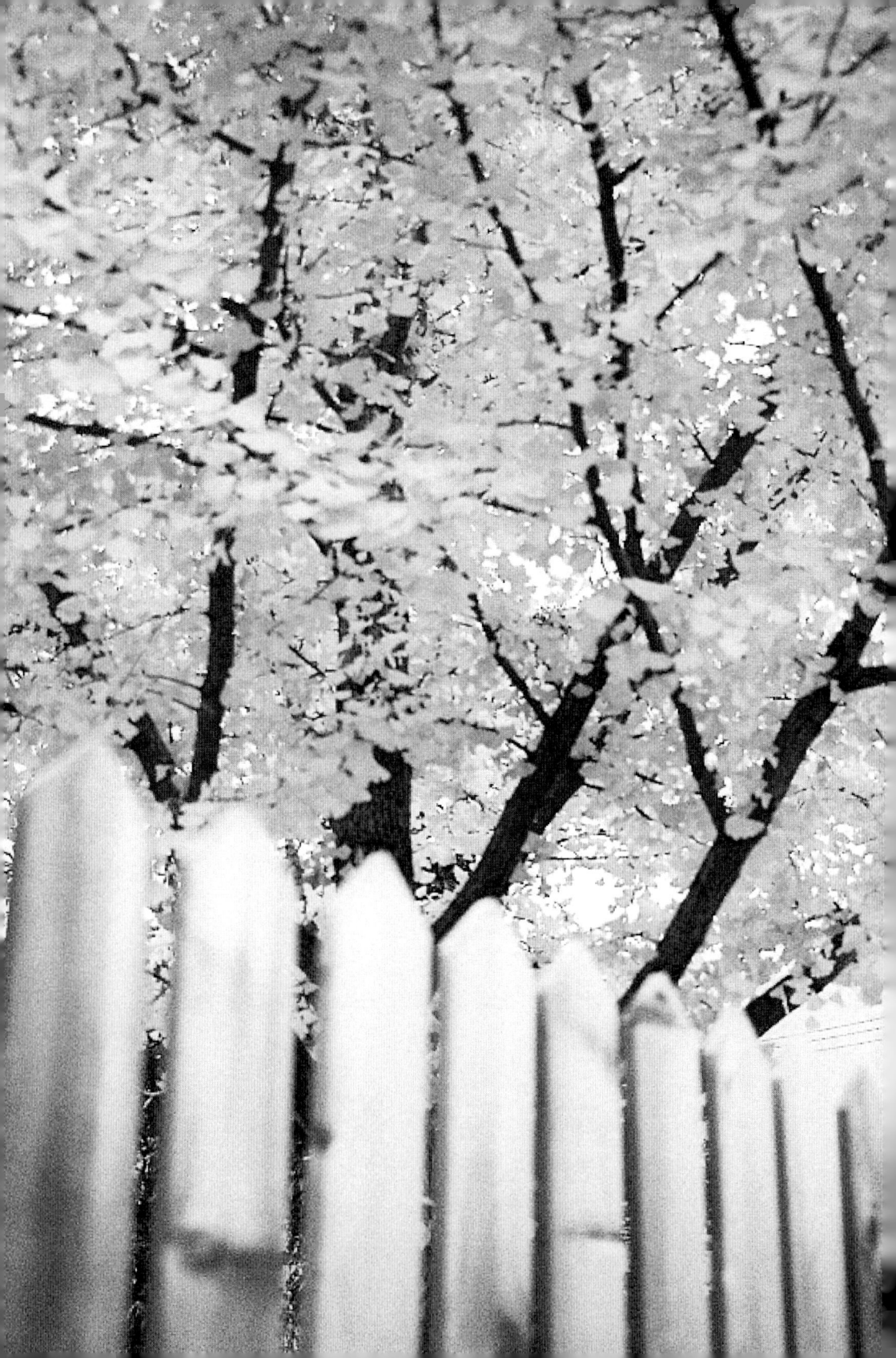

현실을 비난하고
지금을 부정하고
자신을 비관하고

누구나 한번쯤은 찾아오는 시간들이다.
특히, 이십대에 이 시간들이 모여 있는데
그것은, 아직 세상 그 무엇도 내 것이 아니기 때문이다.

부모라는 커다란 울타리 안에서
새로운 내 울타리를 짓기 위해
세상에 내 던져졌을 때
우리는 세상 모든 것이 힘겹기만 하다.

모든 것을 포기하고
부모님의 울타리를 그리워하는 사람
할 수 있는 일만 찾아
현실을 수긍하고 돈만을 좇으려 하는 사람
할 수 있는 일을 방관하고
세상을 등져 자신을 무책임하게도 버리는 사람
하고 싶은 일을 찾아
작은 희망에도 웃을 수 있는 사람

이렇게 인생이 나뉘어져 가는 것이다.
주어진 환경도 주어진 능력도 주어진 돈도
당연히 어느 것 하나 중요치 않은 것은 없다.

하지만 가장 중요한 것은
단지 한사람, 나 한사람의 마음먹기이다.

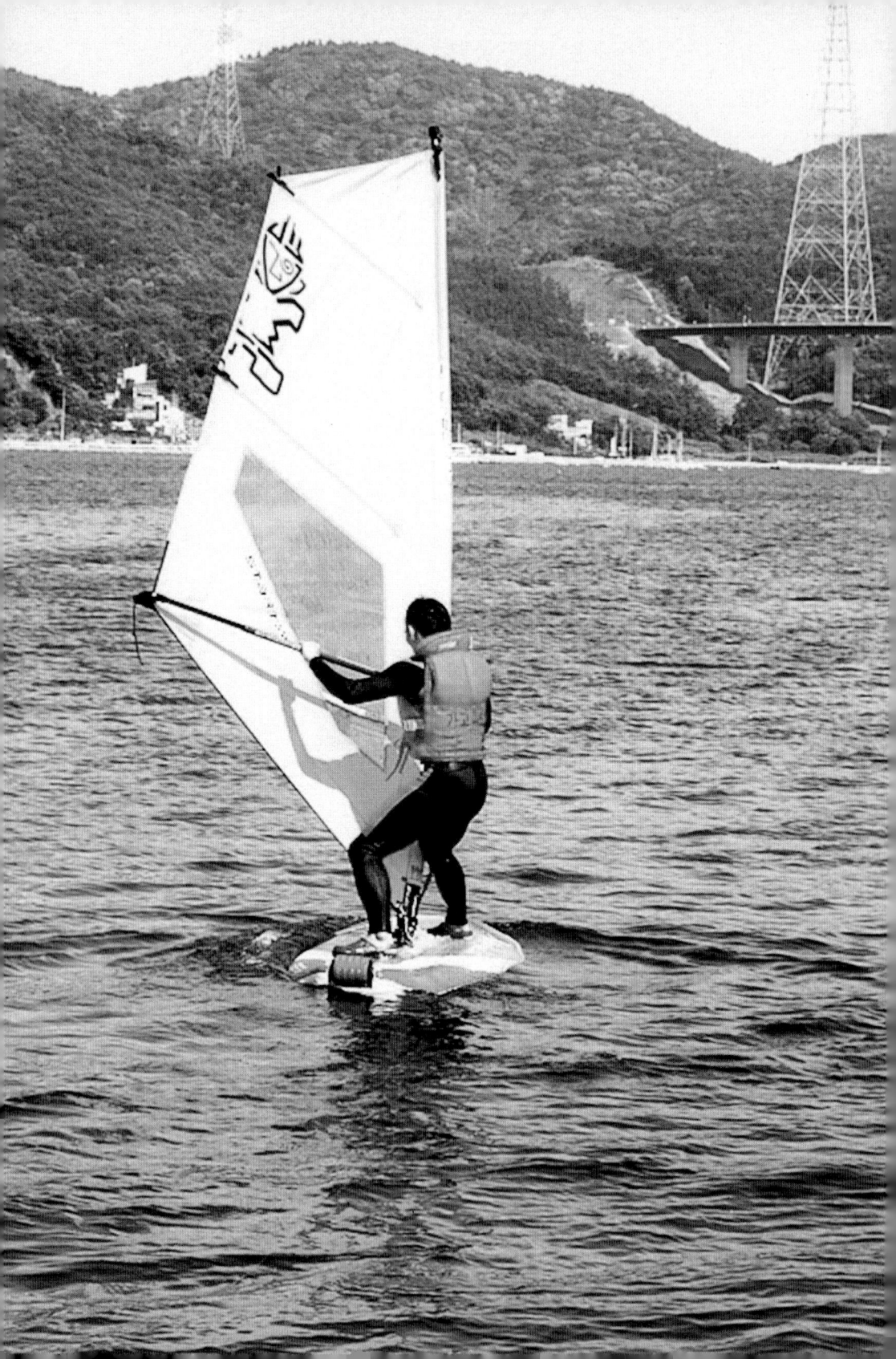

자신감이 자만으로 변질되고 오만함은 나태함을 낳았다.
할 수 없는 것이 아니라 하지 않는 것뿐이다.
스스로를 위로하며 게으름의 핑계거리를 늘려가고만 있다.

분명히, 나는 잘못 흘러가고 있다.

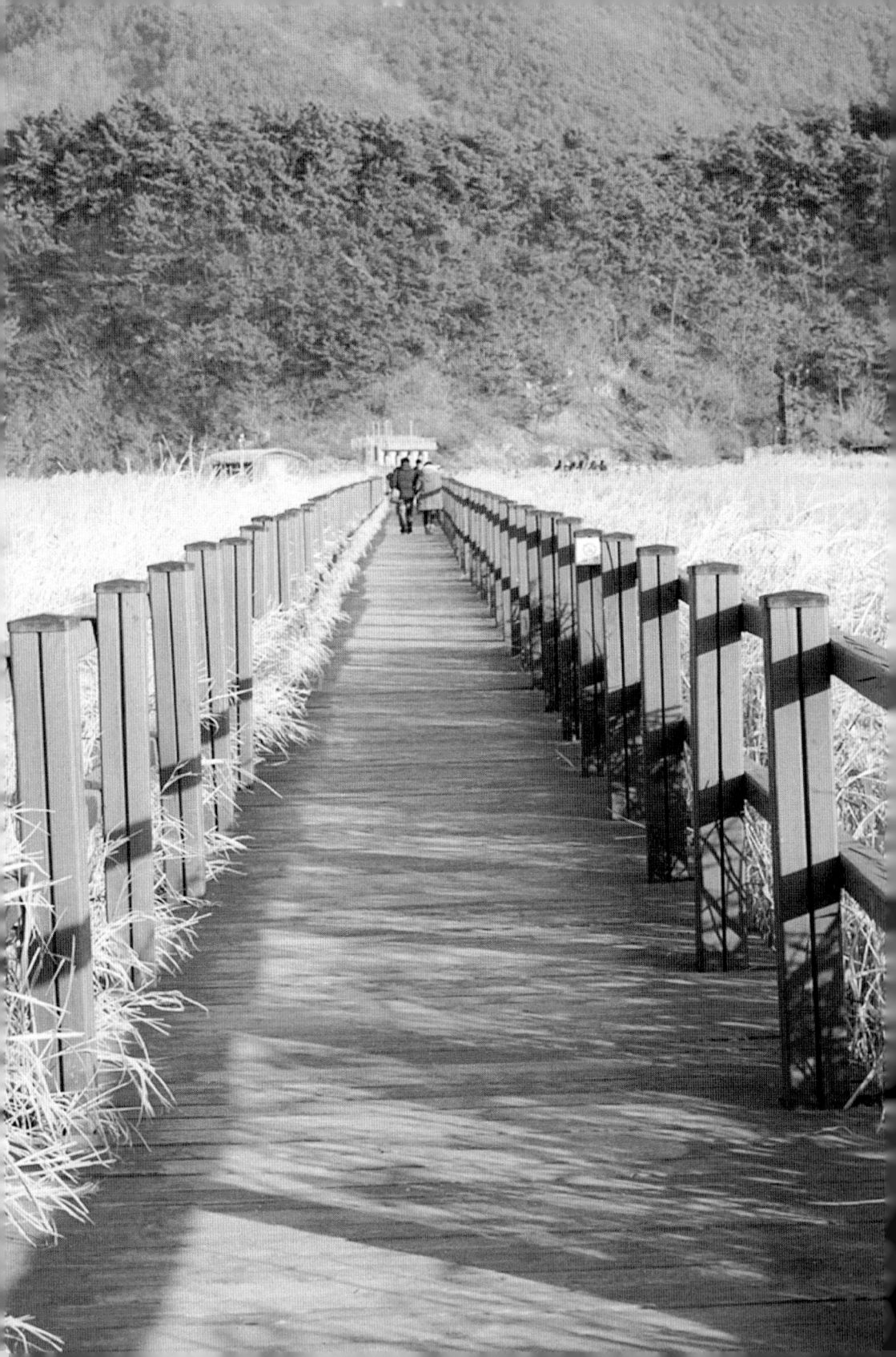

한숨한번길게내쉬고
하늘한참올려다보고

저멀리지평선한번바라보고
돌아서걸어온그길내려보고

파란물살에흘러가는구름처럼
시곗바늘에흘러가는시간처럼

나어디서와어디로가는건지
나얼마나와얼마나남았는지

가늠할수없는거리만큼
짐작할수없는깊이만큼

시작도끝도정해진건없었기에

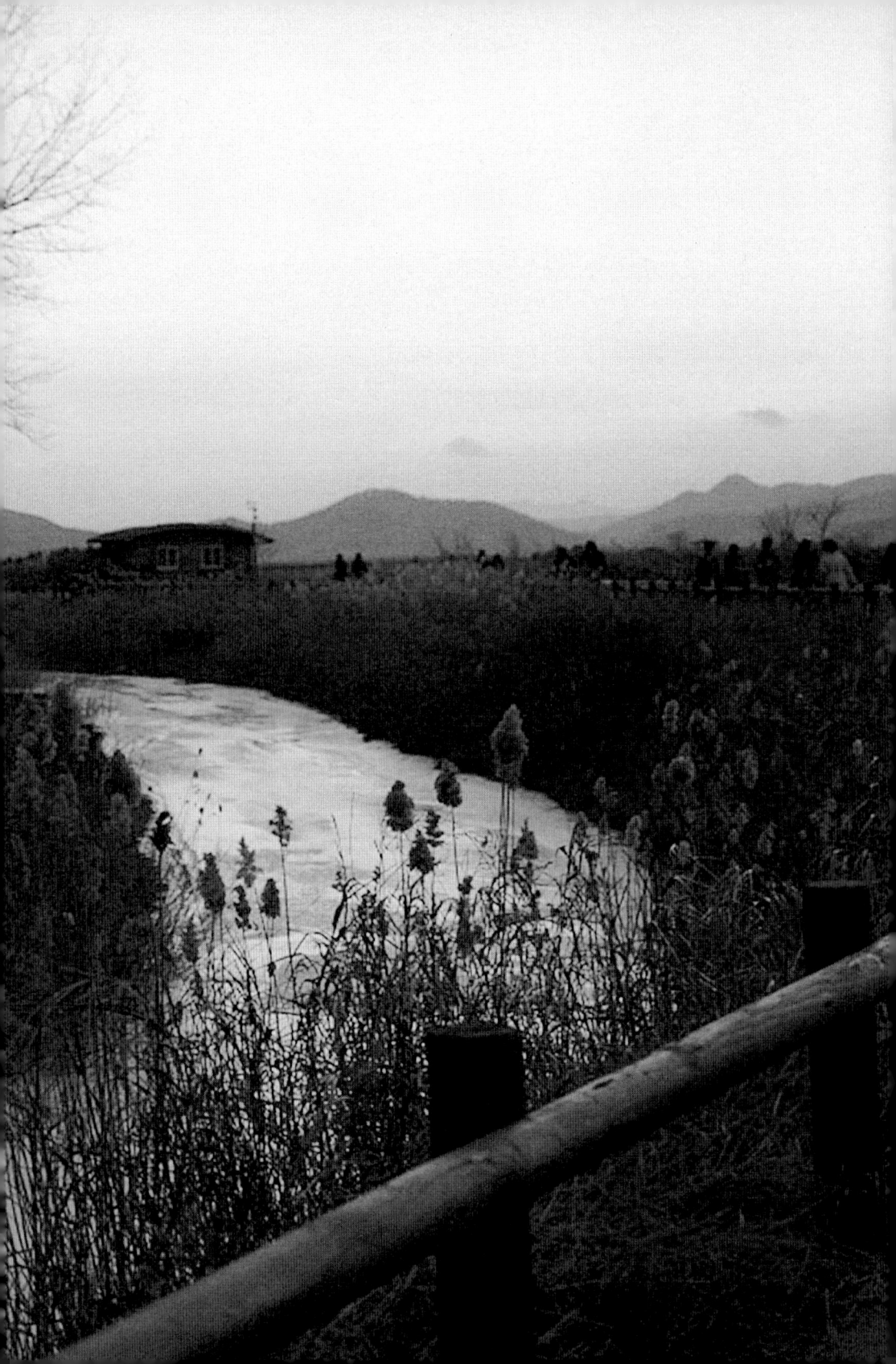

비라도 추적추적 내려줬으면 싶은
그런 밤이 있습니다.

빗소리 투닥투닥 창문과 입 맞추면
그 소리 자장가 삼아 잠들고 싶은
그런 밤이 있습니다.

그런 밤이 찾아오면
한참을 생각하고 고민하고
홀로 끝없는 대화를 이어가는
그런 밤이 참 좋습니다.

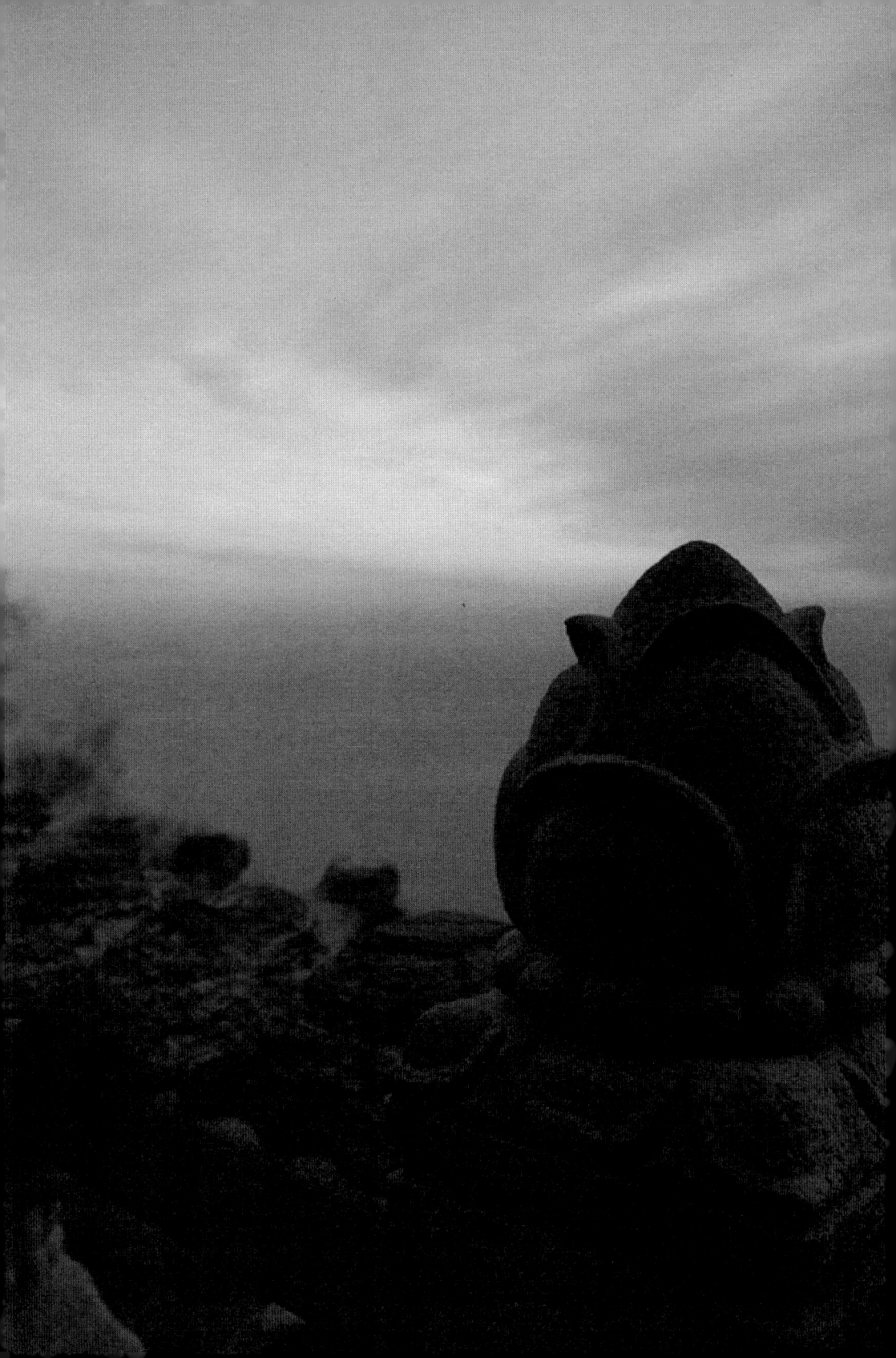

오랜만에 토닥토닥
손가락 반주에 소리 내는
자판연주에 취해본다.

좁은 방안 작은 불씨 하나
남겨두지 않았을 때
적막 속 고요함은
평온을 안겨다 준다.

하고 싶은 말은 없지만
해야 할 말은 없지만
하염없는 중얼거림은 계속된다.

이 깊은 밤이 흘러내리고
충만한 아침공기가
내 몸을 감싸줄 때까지.

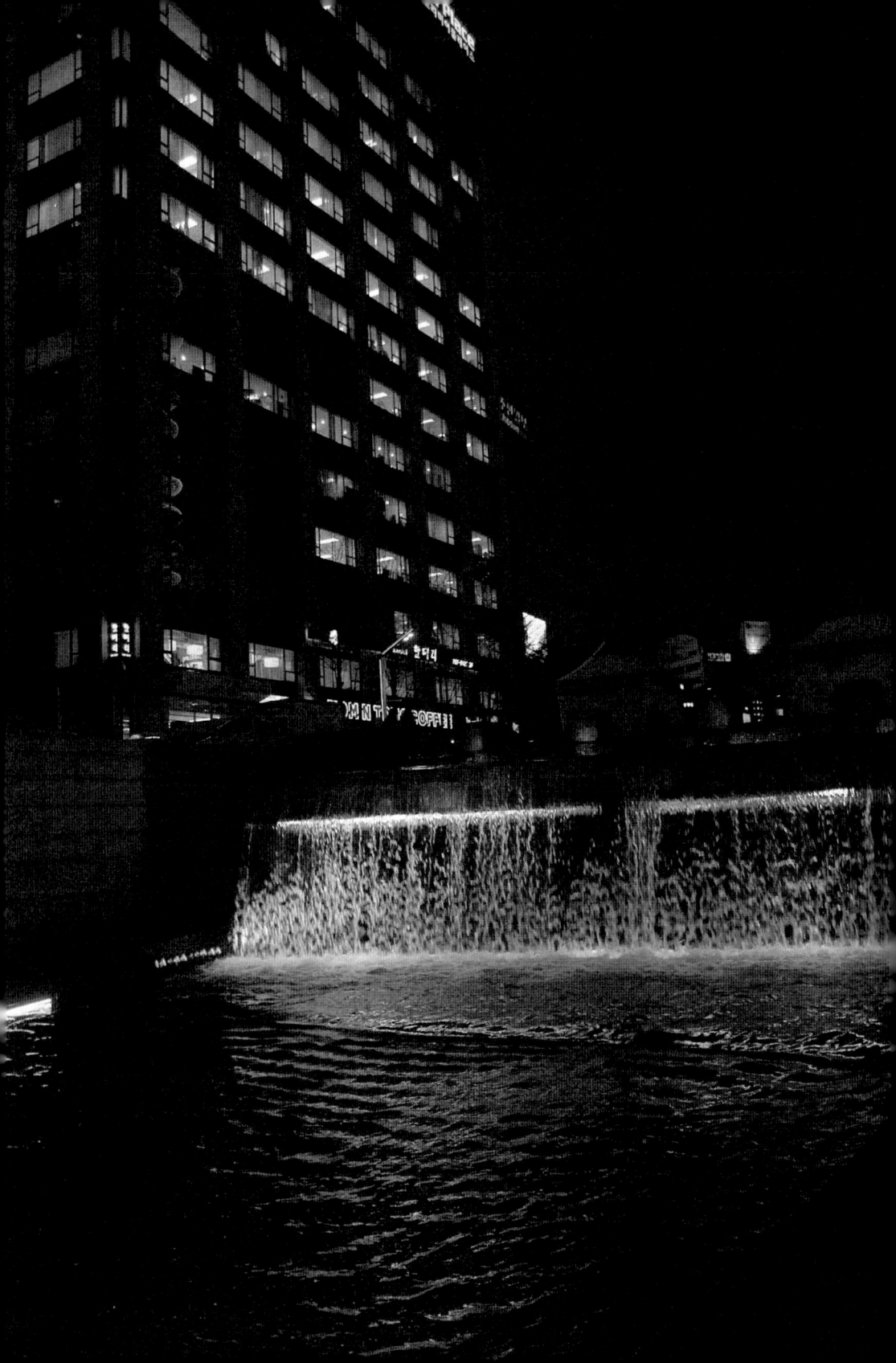

적당히 들이킨 맥주 몇 모금
내 손끝에 쥐어진 담배 한 개비
자정을 가리켜 오는 밤의 오묘함

조금씩 심장 박동소리는 잦아들고
조금씩 무의미한 망상은 줄어들고
고요함속에 감성은 어느새 짙어진다

이성이 감성에 묻어진 순간
세상은 나 홀로 존재하는 공간이 되고
할수록 깊어만 가는 고민은
어느새 넛없는 허무함으로 다가오고

보다 진솔한 나와의 대화를 시도하며
보다 근본적인 무엇인가를 갈구한다

내게 주어진 행복은 축복이고
내게 주어진 기쁨은 은혜이며
내게 주어진 분노는 성장의 밑거름이 되며
내게 주어진 슬픔 또한 온전히 보듬을 수 있다

너와의 대화도
그와의 대화도
혹은 그녀와의 대화도
나와의 대화만큼 모든 것을
충족시키지는 못하는 것이다

흘러나오는 음악소리에 고개 끄덕이며
감미로운 노랫말에 가슴 한켠 가려진 추억을 회상하고

밤이 주는 어두움의 신비로움은
내게 온전히 내가 되라 말하곤 한다.

대한민국의 대학생은
더 이상 지식인이 아니다.
그저 초등학교 다니듯
그저 중학교 다니듯
그저 고등학교 다니듯
그렇게 의무교육을 받는 것 마냥
그렇게 흐르고 흘러
단지 학교 이름의 무게
단지 등록금 액수의 차이
그러한 사소한 차이로
어느 샌가 인생의 성공여부를 판단하는 잣대로 삼고
점점 허영과 안락을 추구하는 쾌락의 돼지가 되어 간다

대한민국의 대학생은
더 이상 지식인이 아니다.
더 많은 앎을 추구하고자
더 커다란 세상을 눈에 담고자
그러한 모습은 어디에도 존재치 않는다.
대학은 더 이상 큰 배움이 있는 곳이 아니다
누가 어떻게 얼마나 빨리
취직을 하느냐에 사활을 걸고
고위직 공무원들이 얼마나 배출되었느냐가 관심사고
인생사 모든 것의 판단기준이 된다.

대한민국의 대학생은
더 이상 지식인이 아니다
그 누구도 진정한 지식을 원하지 않으며
스스로의 판단과 기준 그리고 가치는
가벼이 여기며 톱니바퀴 돌아가듯
그저 그렇게 소리 없이 맞물려 돌아가길 원한다

이제 더 이상 대한민국의 대학생은
앎을 추구하지도 않으며
더욱이 앎을 실천하지 않고
불의를 눈감으며 타협하고
스스로의 이상은 현실이란 핑계 속에 묻어둔다

지식은 숫자로 매겨지는 점수가 아니며
가치는 타인에 의해 정해지지 않을뿐더러
실천은 스스로 행하지 않으면 그 누구도 대신하지 않는다.

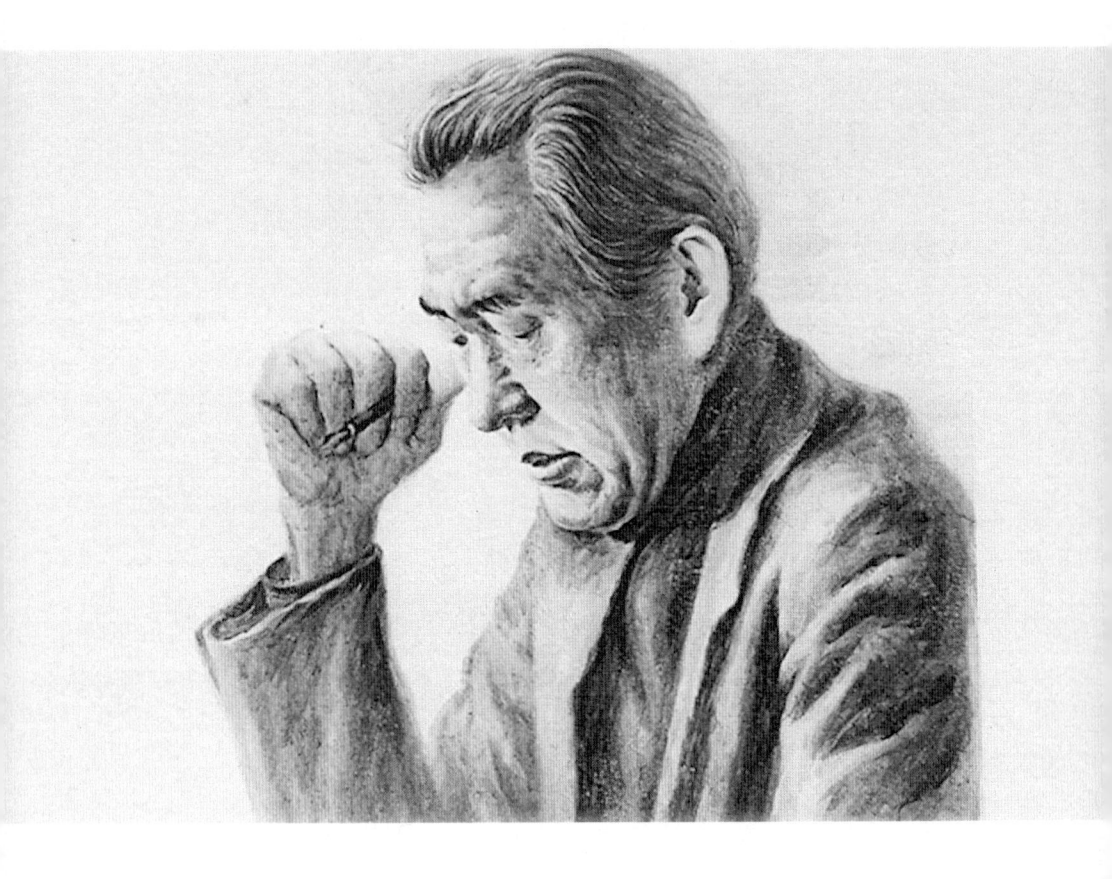

단칸방 방 안에 앉아
오늘과 내일의 흐름조차 느끼지 못한 채
하염없이 시간 속을 유영하고 있을 때
벌써 해는 넘어가 캄캄한 세상이 왔음에도
방안 전등 하나 켜고자 하는 의욕이 생기지 않고

기지개 한번 시원하게 켜고
이제는 시간 위에서 걸어보겠다 마음먹지만
그것 또한 내 마음 먹은 대로 되지 않음을 알아버렸기에
또 다시 무기력하게 주저앉아
혼자만의 공상 속에 계속해서 눈앞에 보여지는
천장과 바닥의 높이를 머릿속 가늠질해 그려 넣고

그 넓디넓은, 그리고 넓기만 한 공간속에
여백이 아닌 나만의 무엇인가를 그려 넣어본다

그렇게 그렇게 오답과 정답이 무엇인지도 모른 채
한 없이 한 없이 한 줄 글자 하나 한 획 그림 하나
까마득이 까마득이 채워서 합리성과 확신을 얻어 내려는 것은
아닌지도 모른다.

더 이상 그러한 몸부림을 치고자 하지 않고
더 이상 나만이 세상 속에 특별하다 생각지 않고
세상의 방관자로서 눈에 담고 머리에 담고 가슴에 담아
지독히 이성적인 지극히 감성적인 사람으로 남고 싶을 뿐이다.

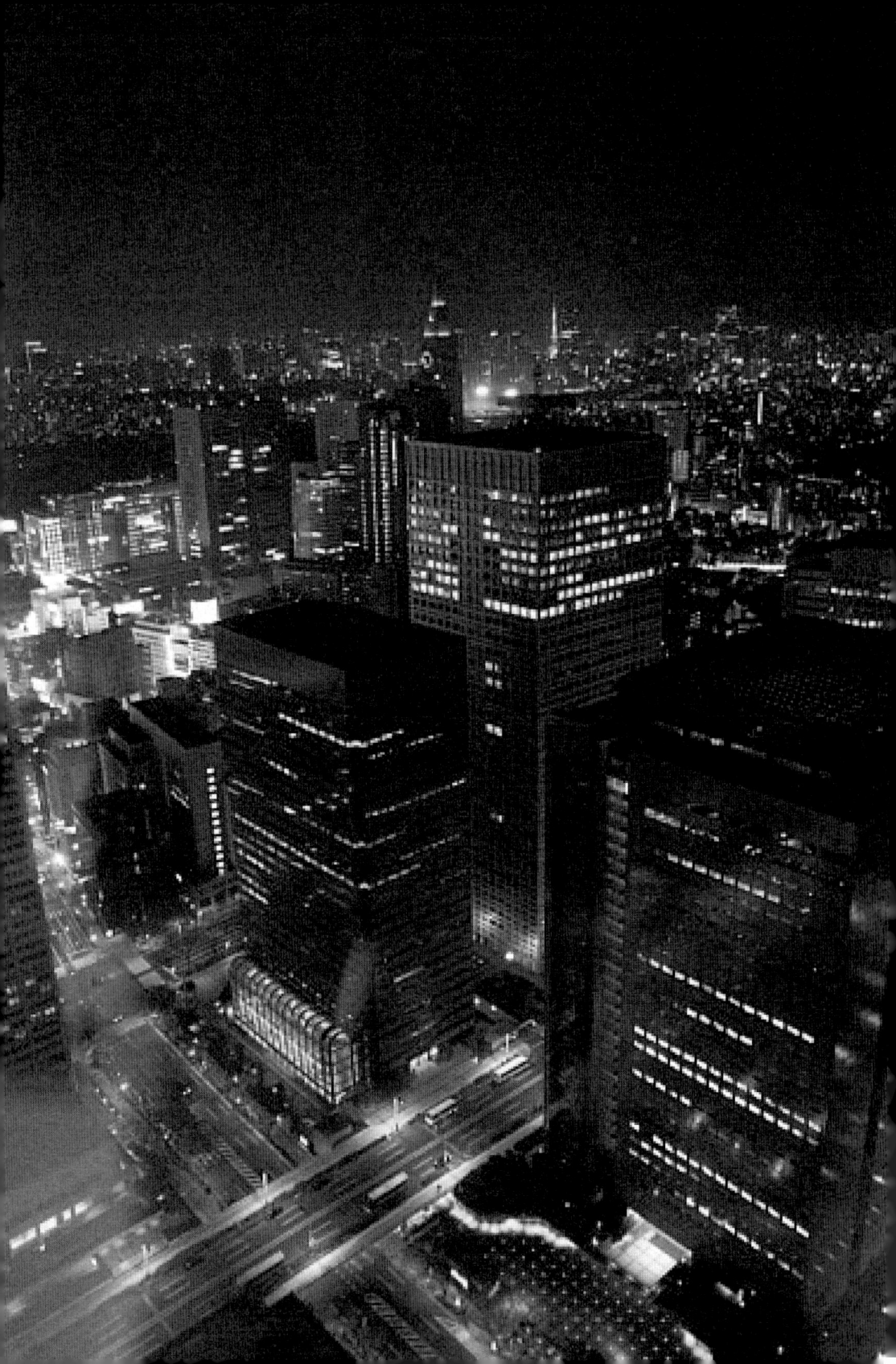

밤공기가 차가워지고
오가는 행인의 발자국 소리마저 끊어진 시각
왜인지 모를 공허함이 쌓여간다.

숨을 쉬고 생각을 하고 몸을 움직이고 있음에도
어딘가 답답함이 자꾸만 짓누르고
난 지금 무엇을 하는 것인가 묻게 한다.

대답하는 이 하나 없는 물음들이
머릿속을 조금씩 그려나가다
어느덧 빼곡히 채워버린다.

오지 않는 잠을 청하고 싶지 않아
마주하고 있는 지금의 상념은
내일이 되면 잊혀질 어린 시절 보물 1호와 같겠지만
그때에 그랬듯 이때에 제일 무겁게 눈앞에 마주한다.

난, 어 디 를 바 라 보 는 가
난, 어 디 로 향 하 는 가
난. 무 엇 을 바 라 는 가

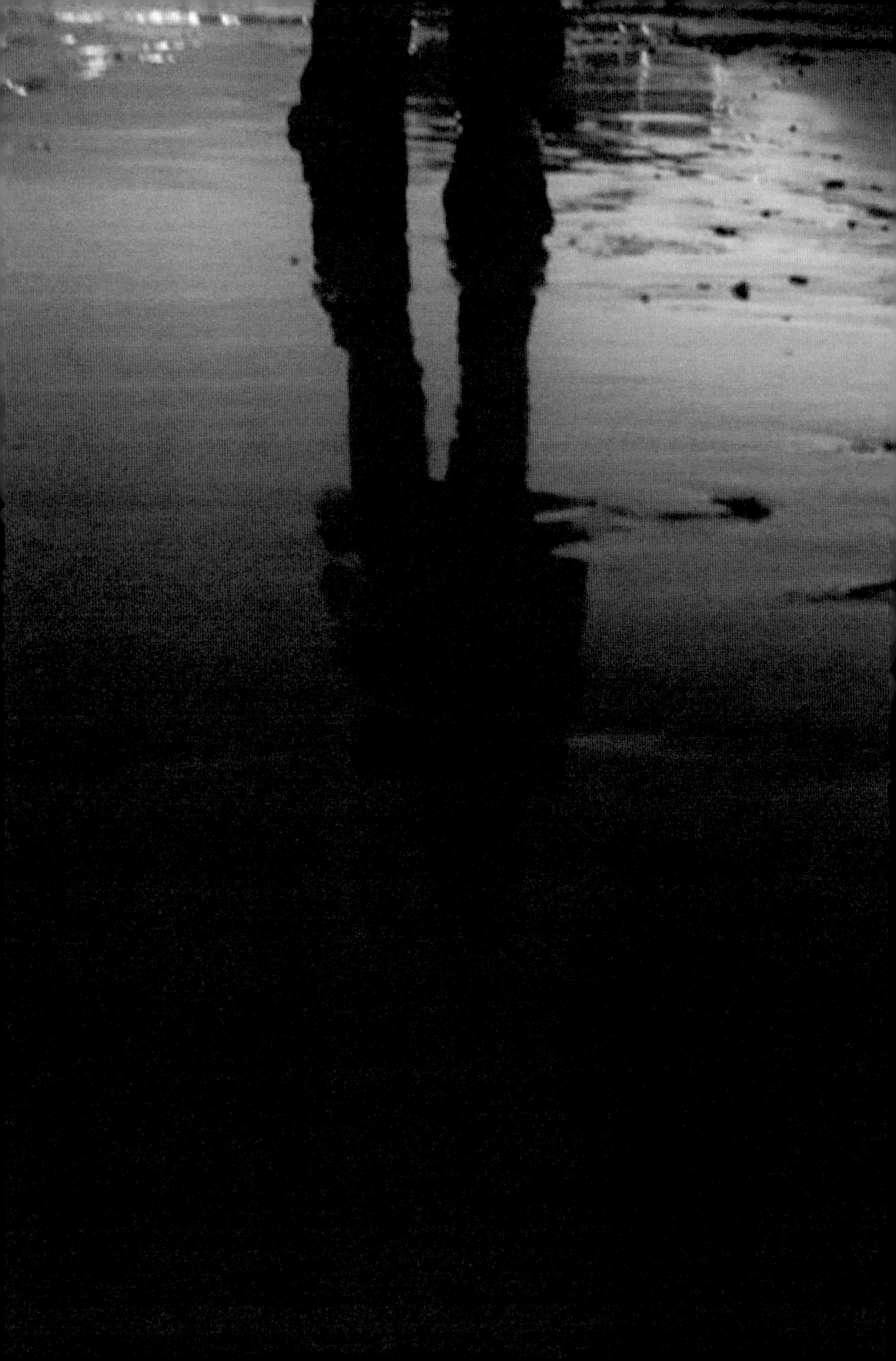

농도 짙은 이 도시의 어둠이
그 속 바쁘게 움직이는 불빛들이
끊임없이 만들어내는 무거운 초조함.

어제가 오늘이 그리고 내일이.

나는 오늘도 또 그렇게
어제와 같은 모습으로 앉아 있으며
어제와 같은 모습으로 잠들 것이다
어제와 같은 모습으로 눈뜰 것이며
어제와 같은 모습으로 걸을 것이다

나는 오늘은 또 그렇게
어제와 다른 모습으로 앉아 있으며
어제와 다른 모습으로 잠들었으며
어제와 다른 모습으로 눈떴었으며
어제와 다른 모습으로 걷고 있었다

모든 것이 같은 듯 흘러가도
무엇 하나 같은 것은 없다.

어제를 알 수 없듯
오늘은 보이지 않으며
내일은 하얀 도화지다.

그릴 것은 너무 많은데
어제 한 일 그리고 나니 잠이 들고 만다.

내일은 조금 더 힘내서
내일의 그림을 그려봐야겠다.
그 그림에는 나도 있고 너도 있고
산도 있고 바다도 있겠지.

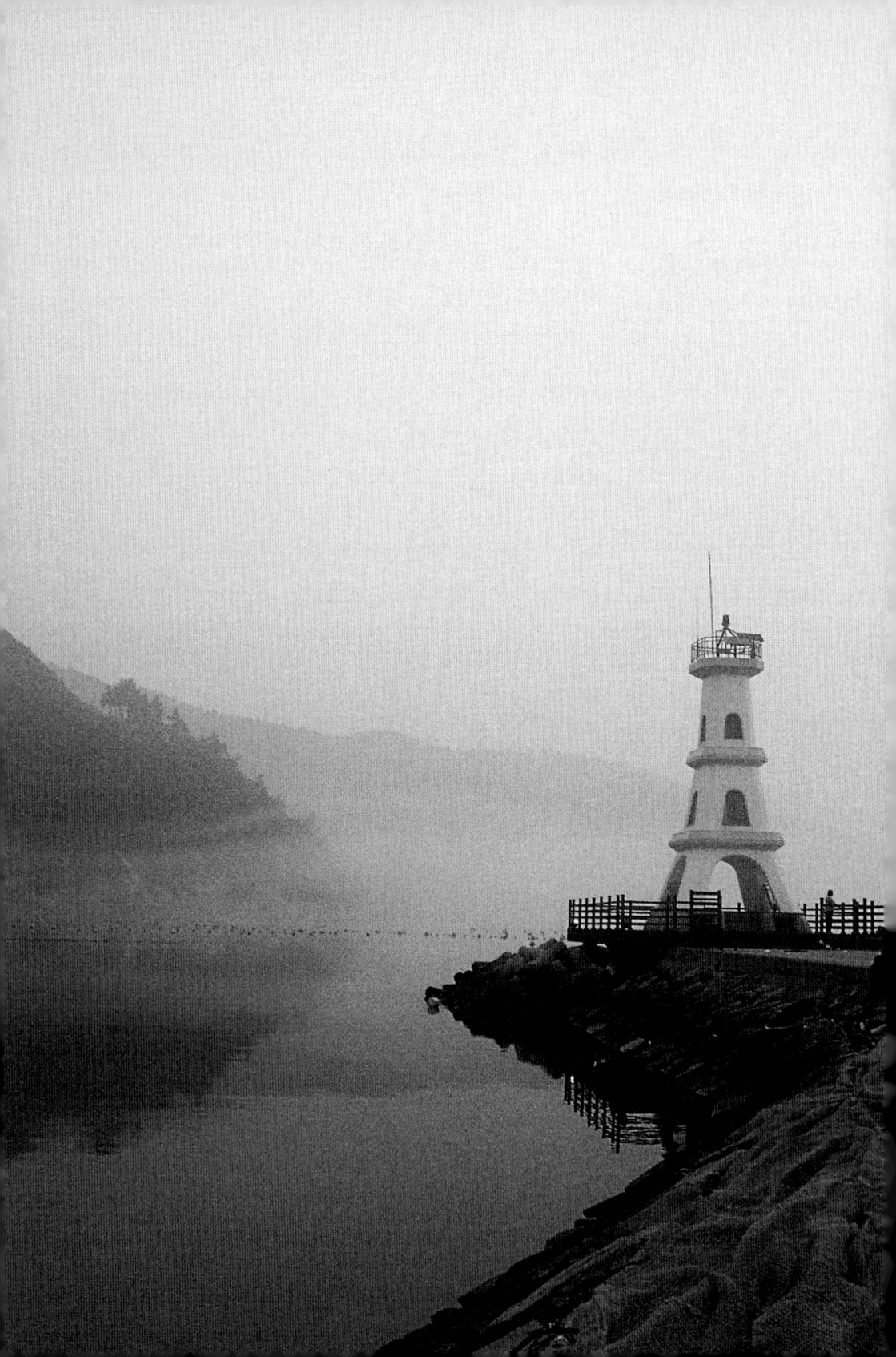

단지, 대화상대가 필요했을 뿐입니다.

겨울

희망(希望)

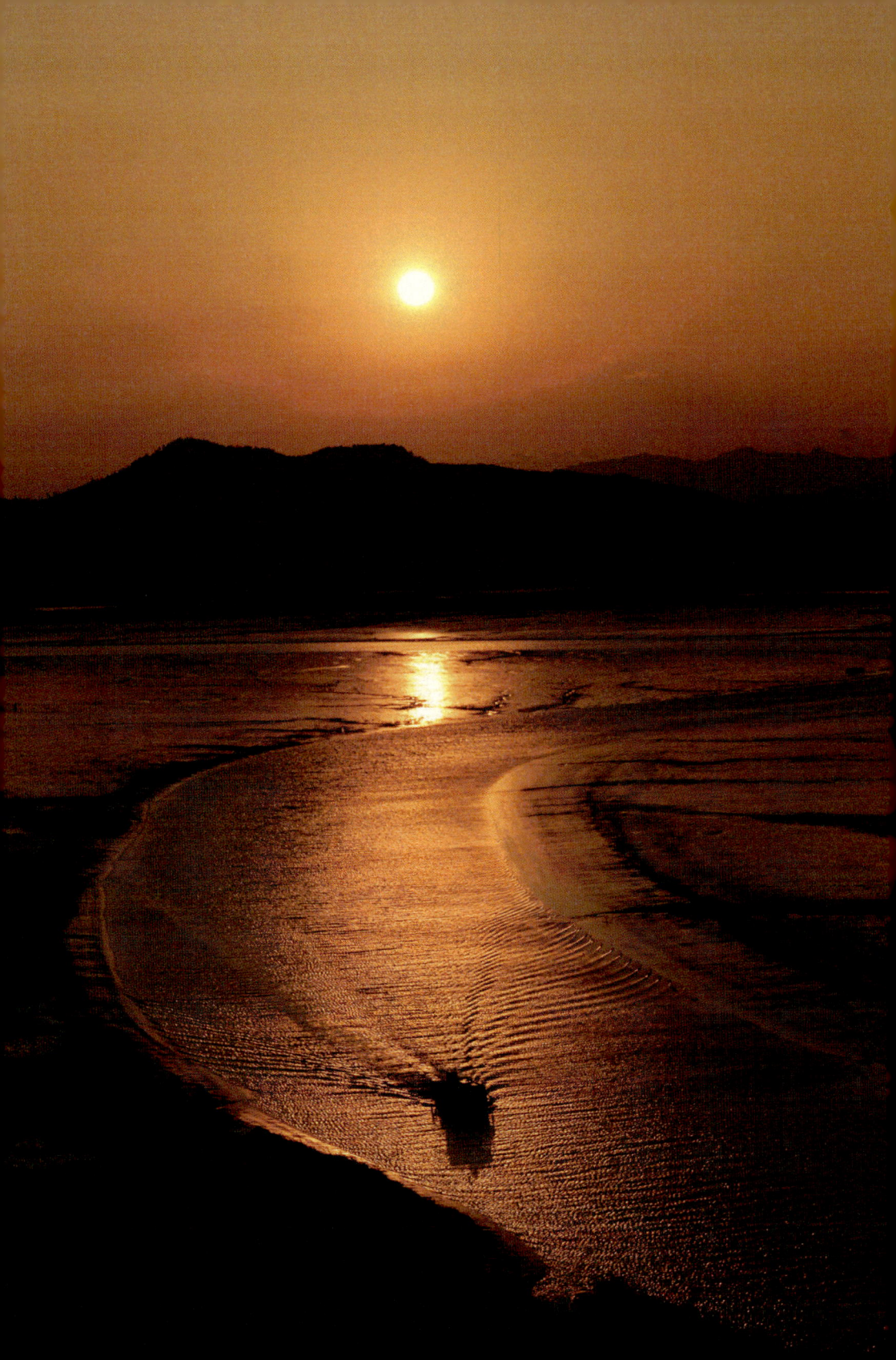

나 홀로 시계를 멈추고
나태의 나날을 보냈더니

시간이 어느새 날 추월해
저만치 앞서 흐르고 있더라.

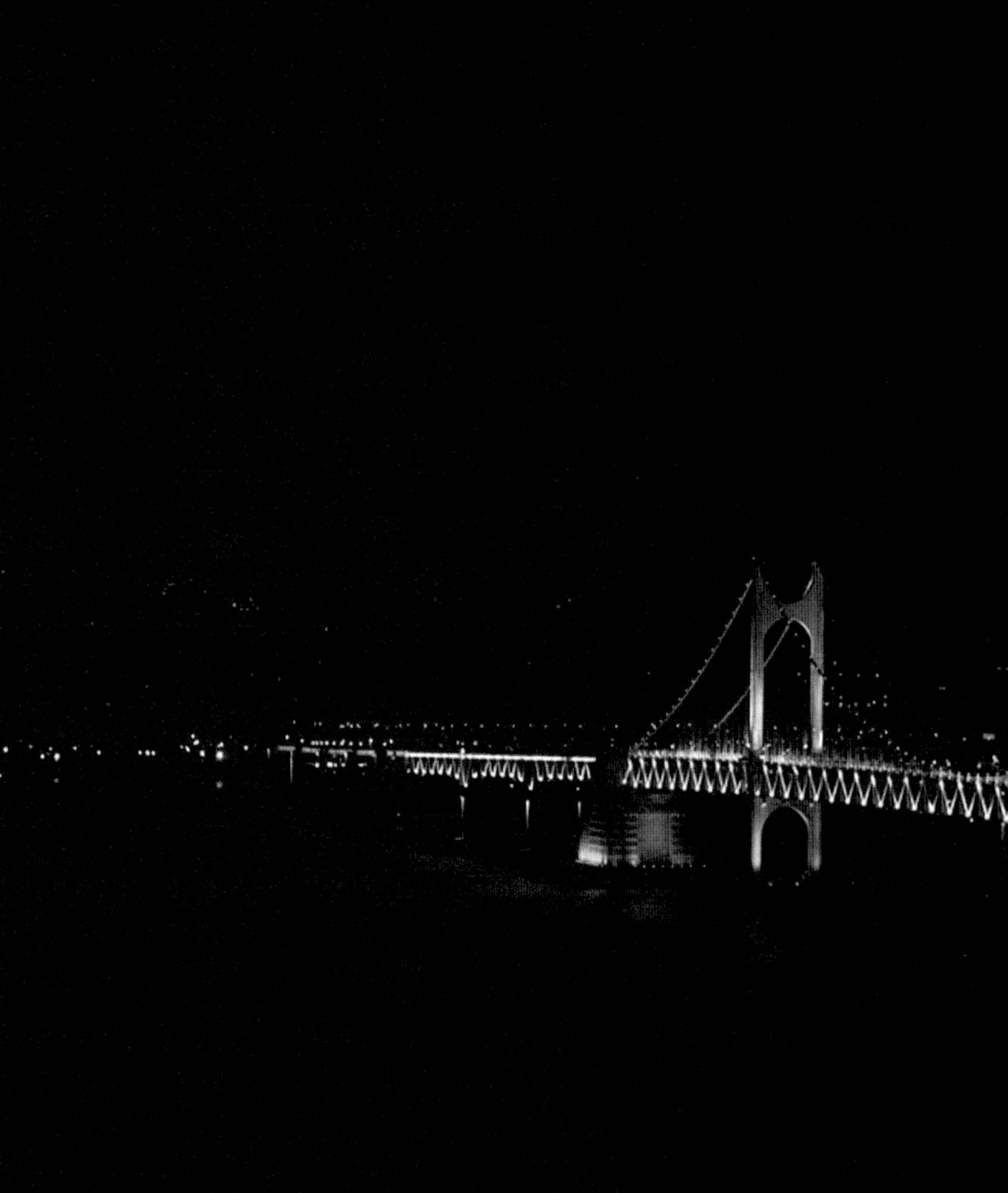

나는 지금 내가 할 수 있는 일도
내가 해야 하는 일도 도무지 감이 잡히질 않네
해가 뜨고 눈을 뜨고 있음에도
적막한 어둠 이외에는 보이지를 않으니.

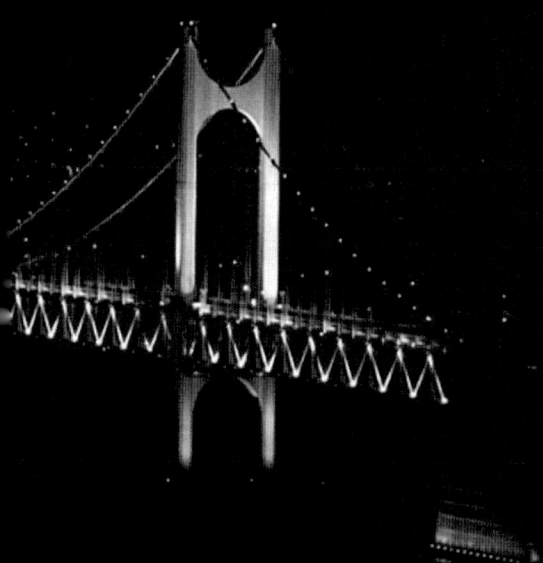

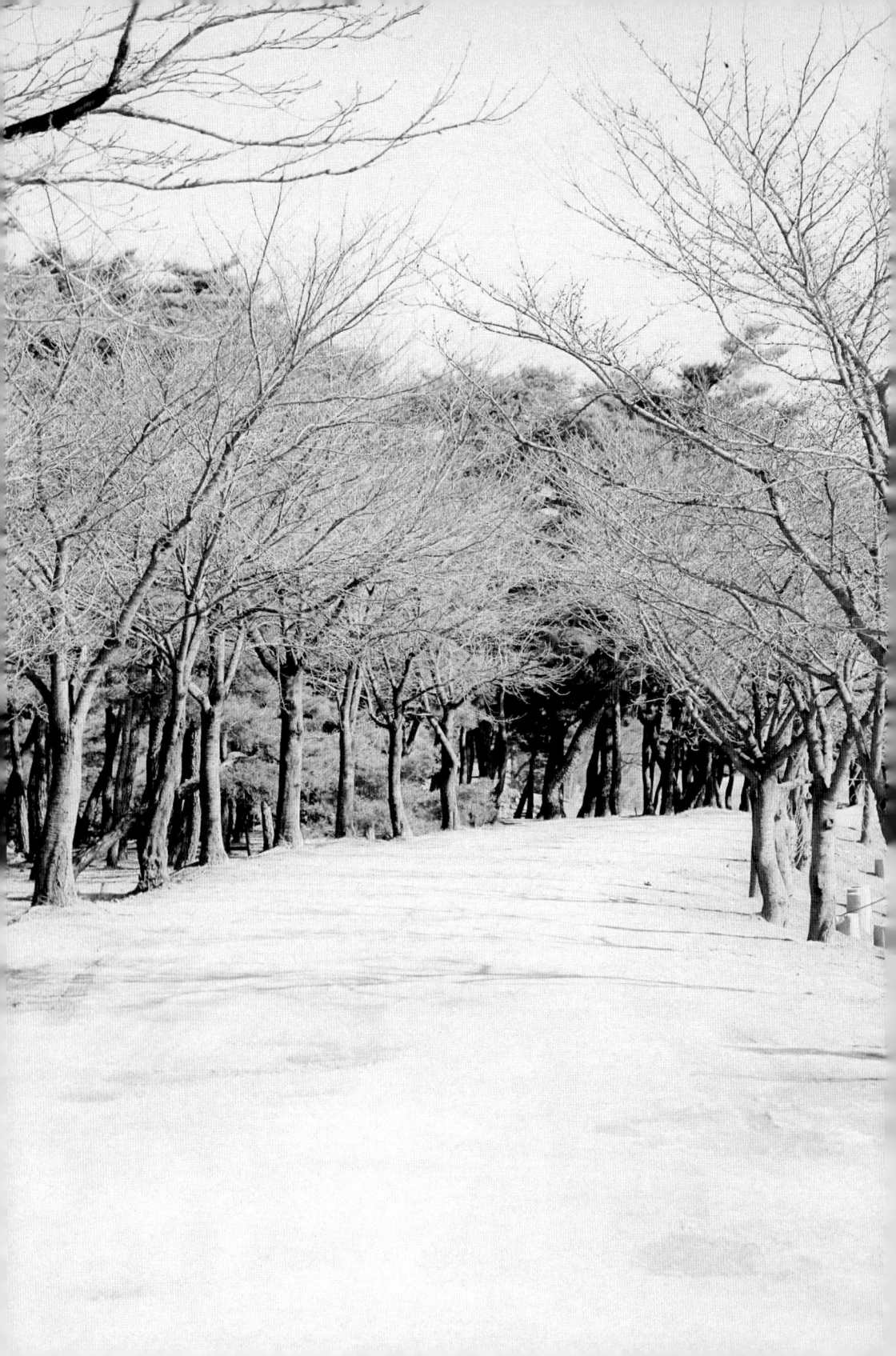

상념의 무게를 저울질하는
덧없는 짓은 이제 그만 고이 접어두어야 할 때

지금 무엇이 나를 막아서느냐가 아닌
지금 무엇이 내게 디딤돌이 되어주느냐

지금 무엇이 나를 불안에 떨게 하느냐가 아닌
지금 무엇이 나를 설렘으로 두근거리게 하느냐

세상의 무게를 뱉어내듯 깊은 한숨에 떨어뜨린 고개를
바로 세워 시선은 똑바로 앞을 바라본다.

눈앞의 현실을 온전히 받아들일 수 없다면
기약해야 할 미래를 그려 넣을 공간 따윈
내 머릿속 어디에도 존재하지 않을 테니.

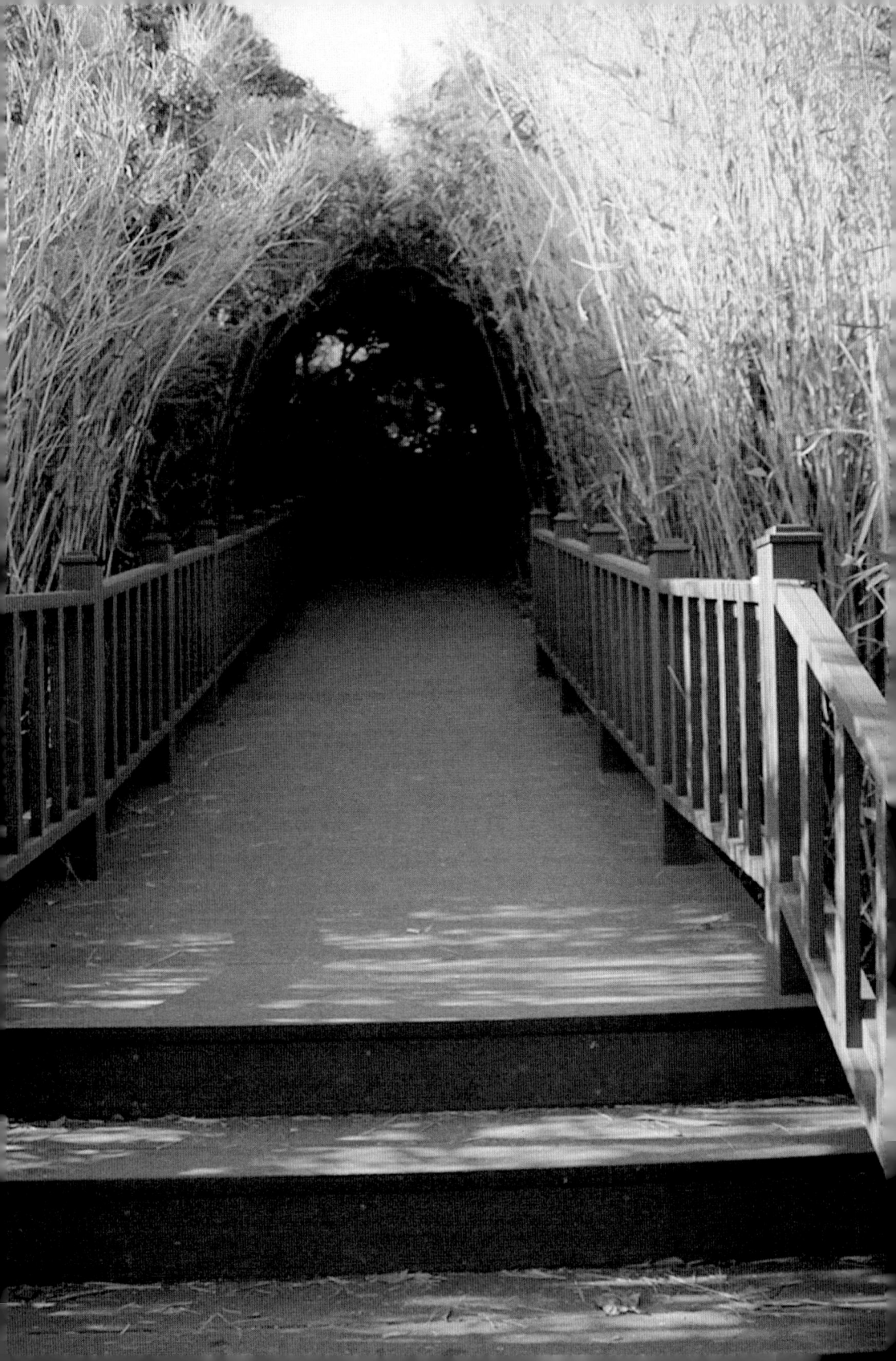

막연함과 막막함이 너의 두 다리 묶는다면
간절함과 희망으로 너의 두 다리 움직여라.

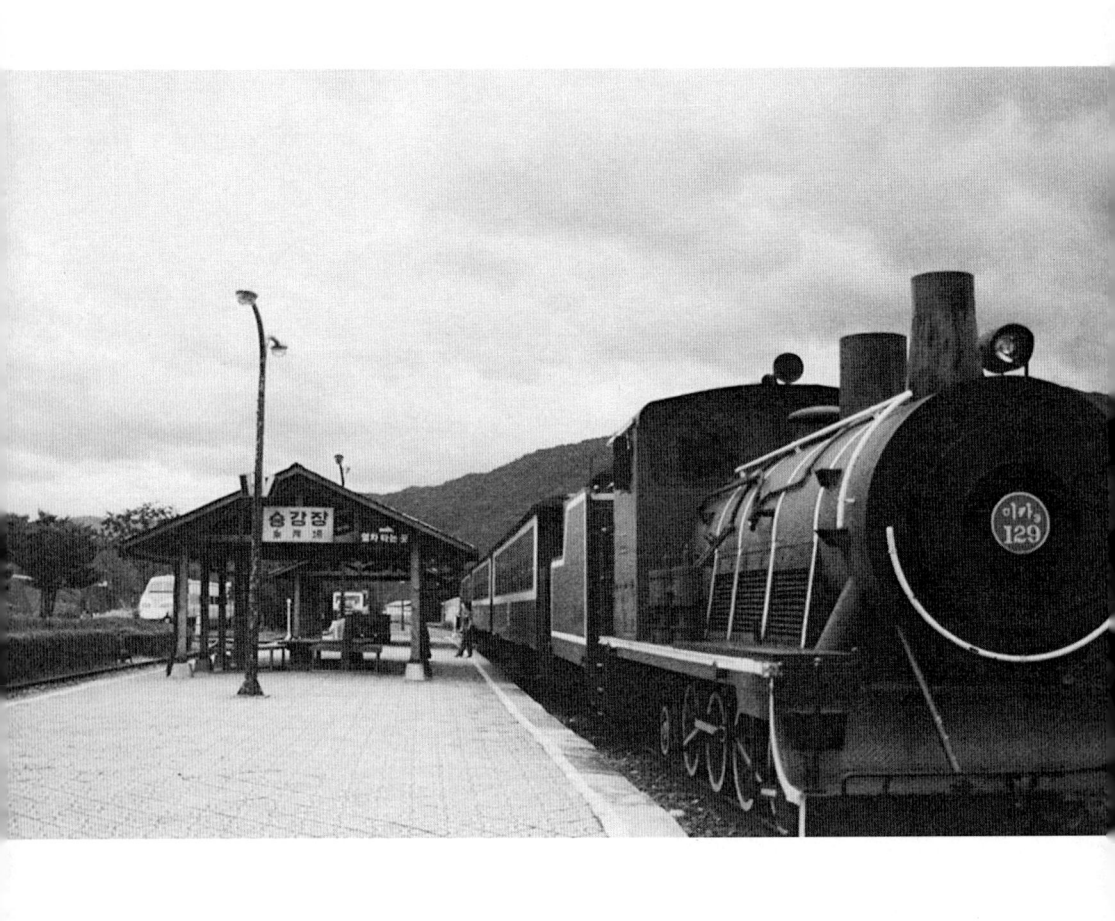

수많은 쉼표로 긴긴 문장 어색하게 이어 달려가는 것보다
간간히 마침표 찍어 한 문장씩 찬찬히 끝맺어 갈 줄도 알아야 한다.

하나의 문장을 끝맺음은 비로소 새로운 문장이 시작될 수 있도록 한다.

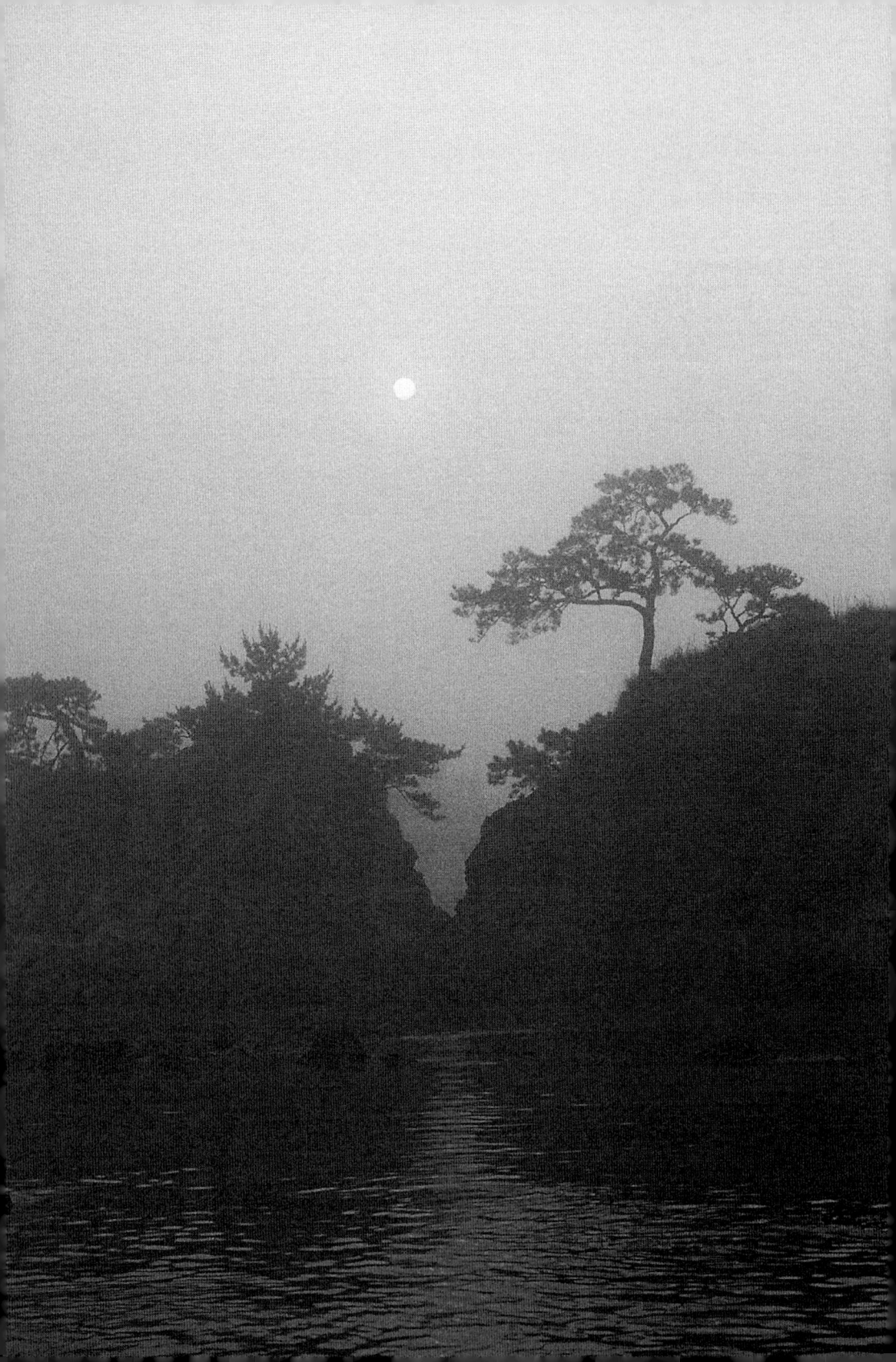

해무에 가리어도
운무에 가리어도

그래도, 태양은 제 시각에 뜨더라.
설혹, 그대의 눈에는 보이지 않는다 하더라도.

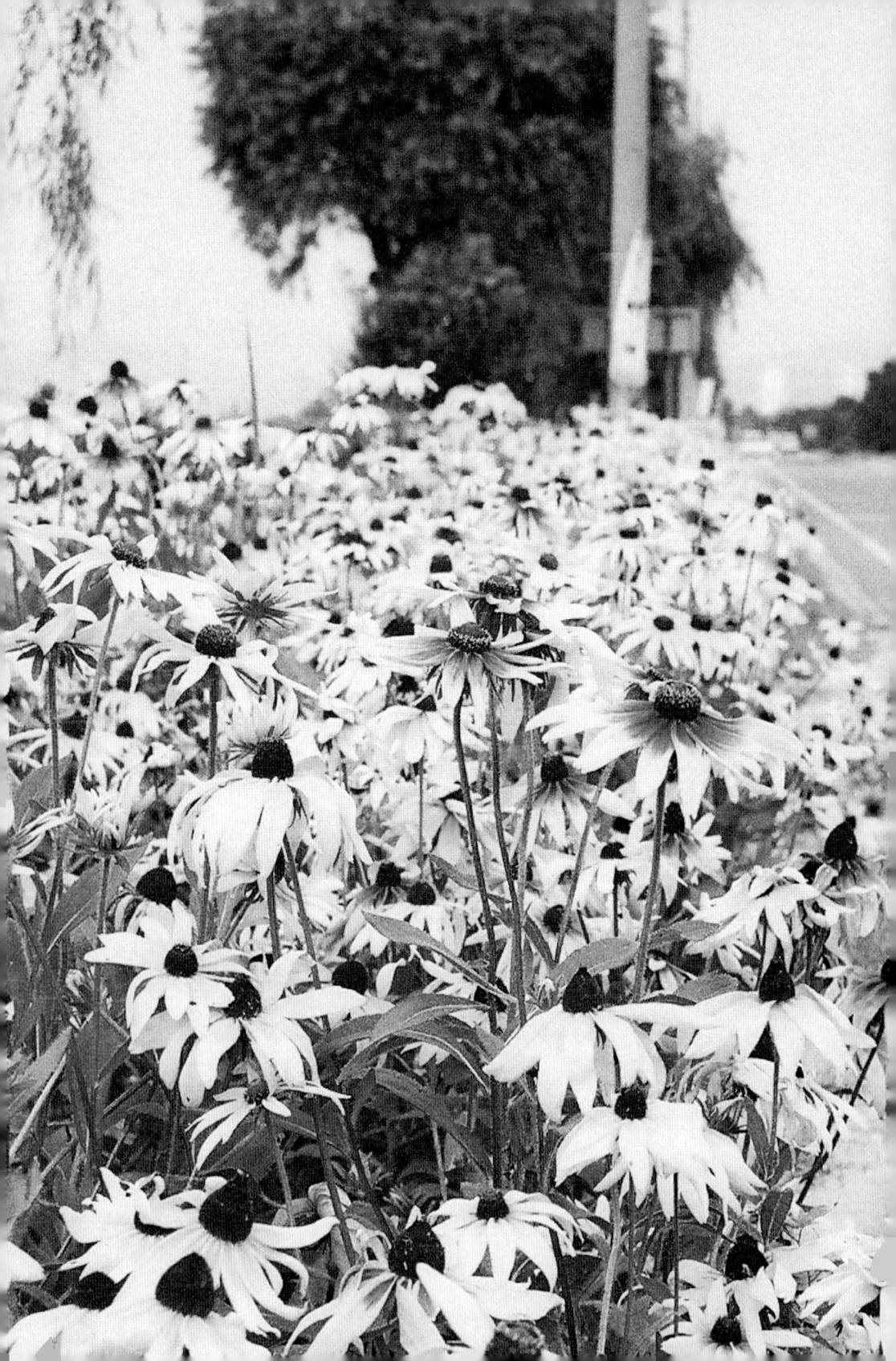

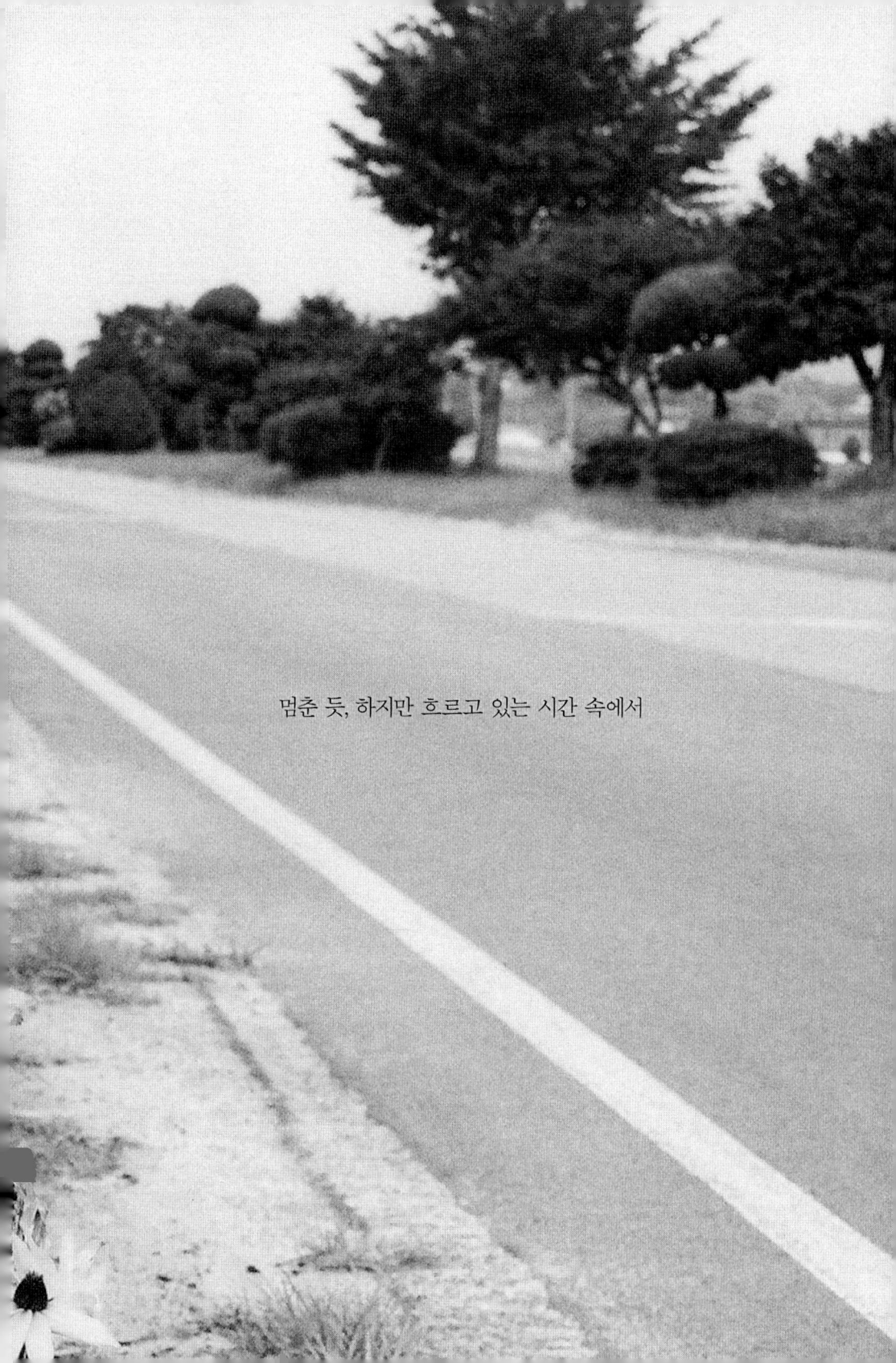

멈춘 듯, 하지만 흐르고 있는 시간 속에서

아직도,
아직도 내가 싹틔우지 못한 이유는
아직도 '나'라는 논밭에 씨를 뿌리지 않았음에 있고
아직도 봄이 찾아오지 않았음에 있다.

단지,
단지 그것만이 아직도 '아직도'인 이유이다.

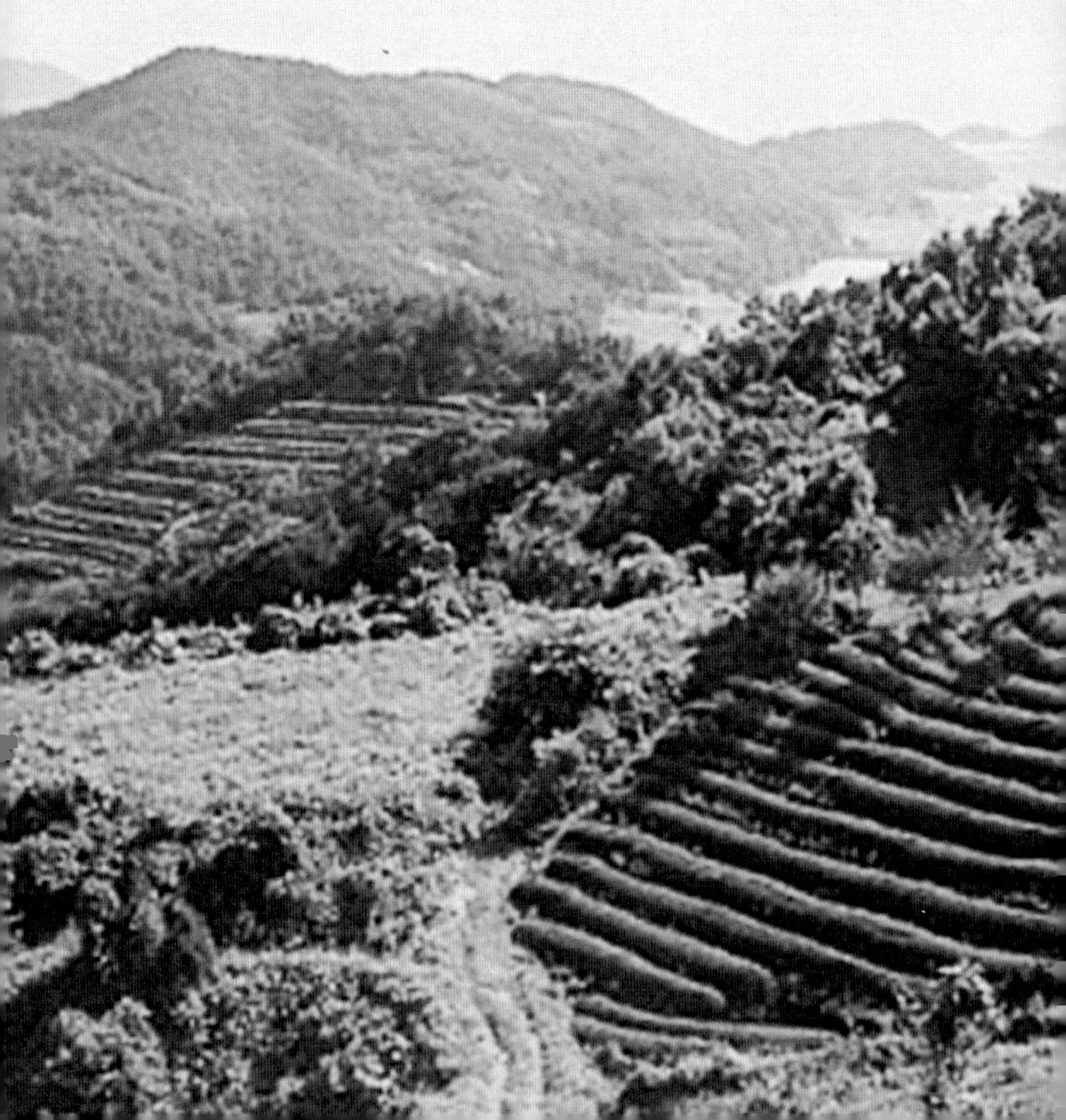

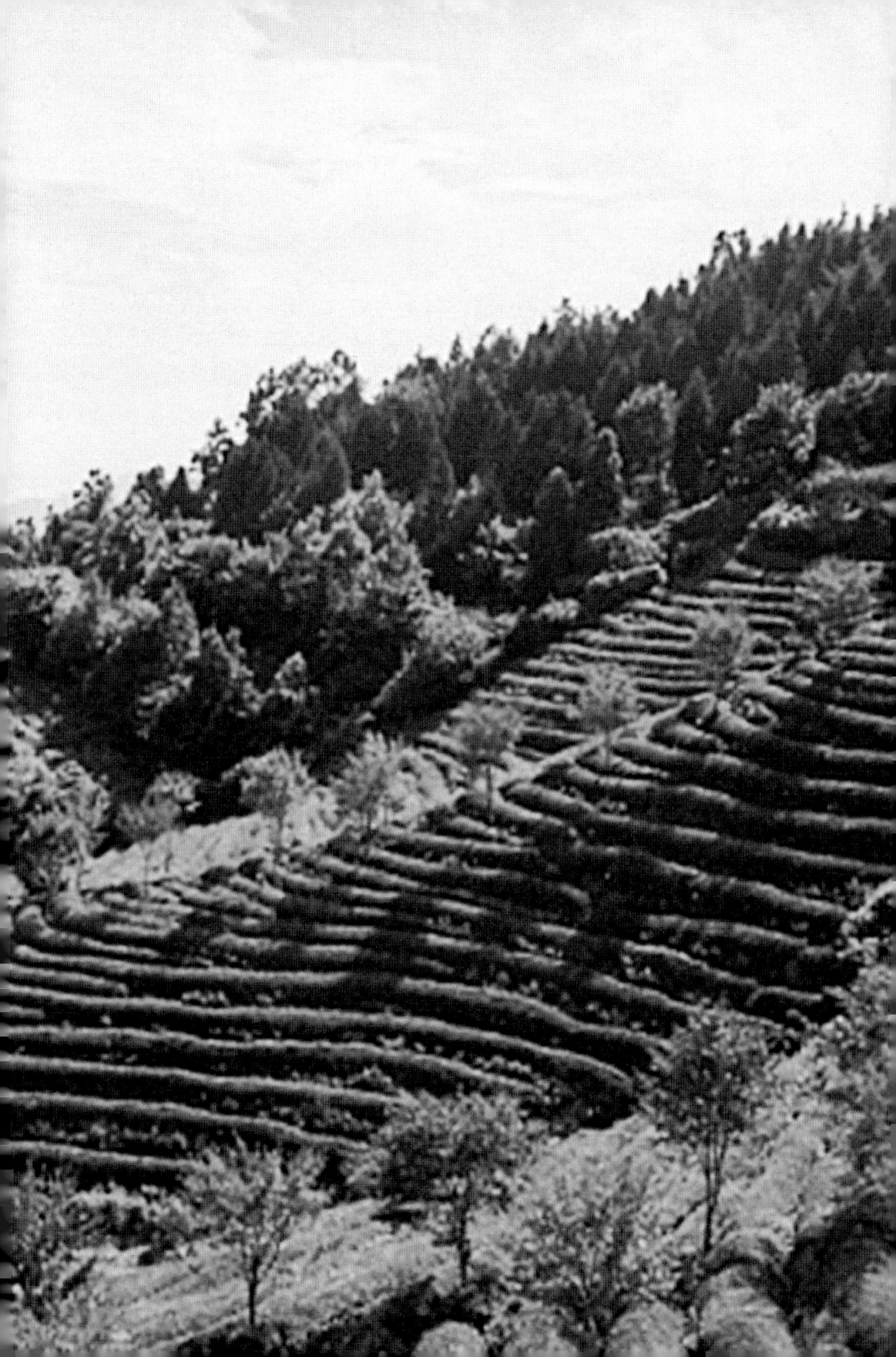

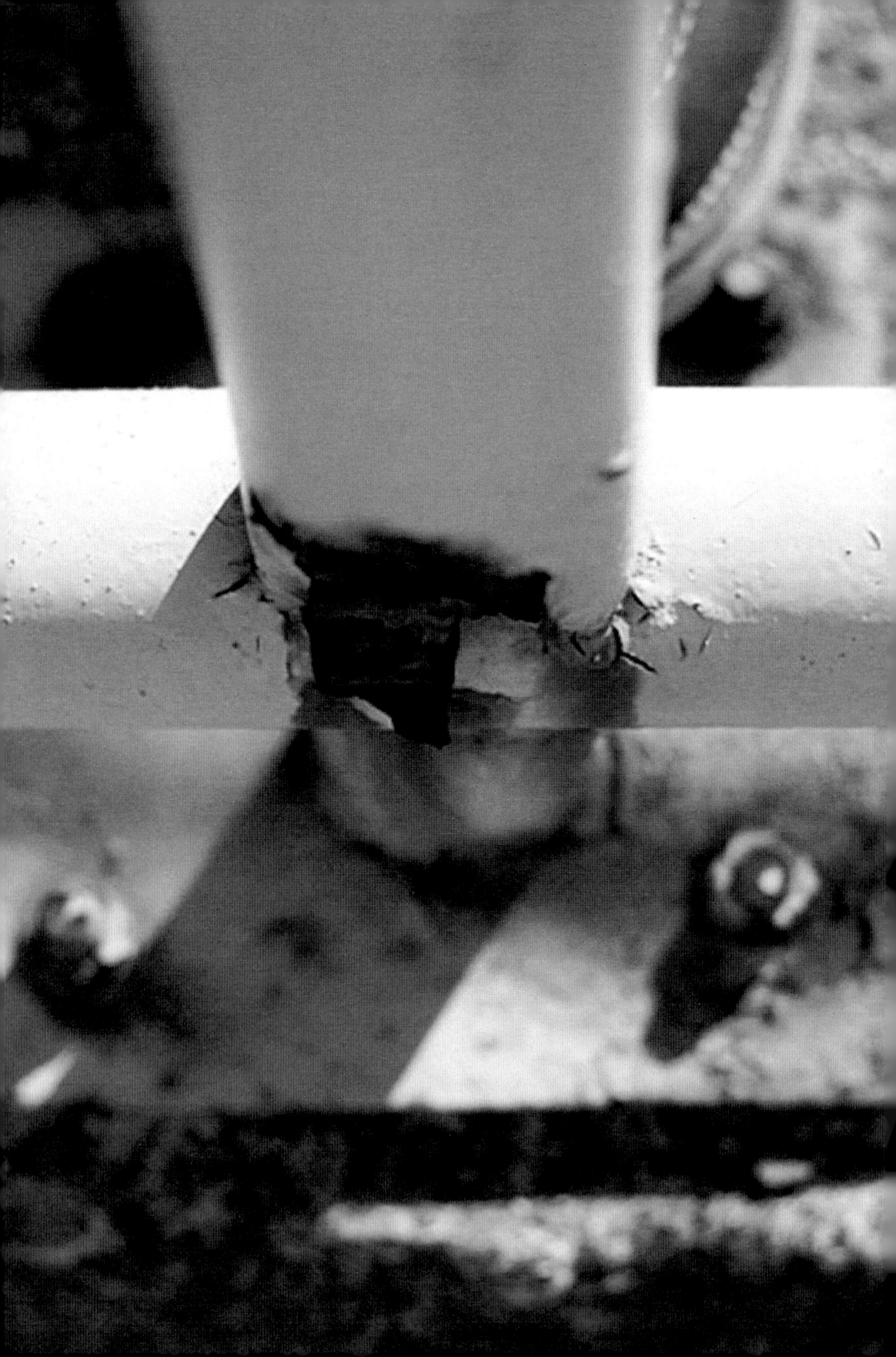

잠이 오면, 따뜻한 이불에 몸을 맡기고 눈을 감는다.
잠이 깨면, 이불을 뒤로 한 채 몸을 일으키고 행동하기 시작한다.

너무도 당연한 그 흐름 속에 사는 어른은 없다.

이런 저런, 책임의 족쇄를 양발에 동여맨 채
하나 두울, 가족을 어깨에 짊어진 채

그들은 잠이 오기에 자는 것이 아니라,
내일을 책임지기 위해 충전하는 것이다.

더욱 슬픈 현실은, 잠이 와도 눈을 붙이지 못하는 때가 더 많다는 것이다.

스무 살 남짓 되어
후회할 만한 일은
단 한 가지뿐이다.

지나온 긴긴 시간 동안
입가에 미소 머금을 수 있는
추억을 쌓아두지 못했다는 것.

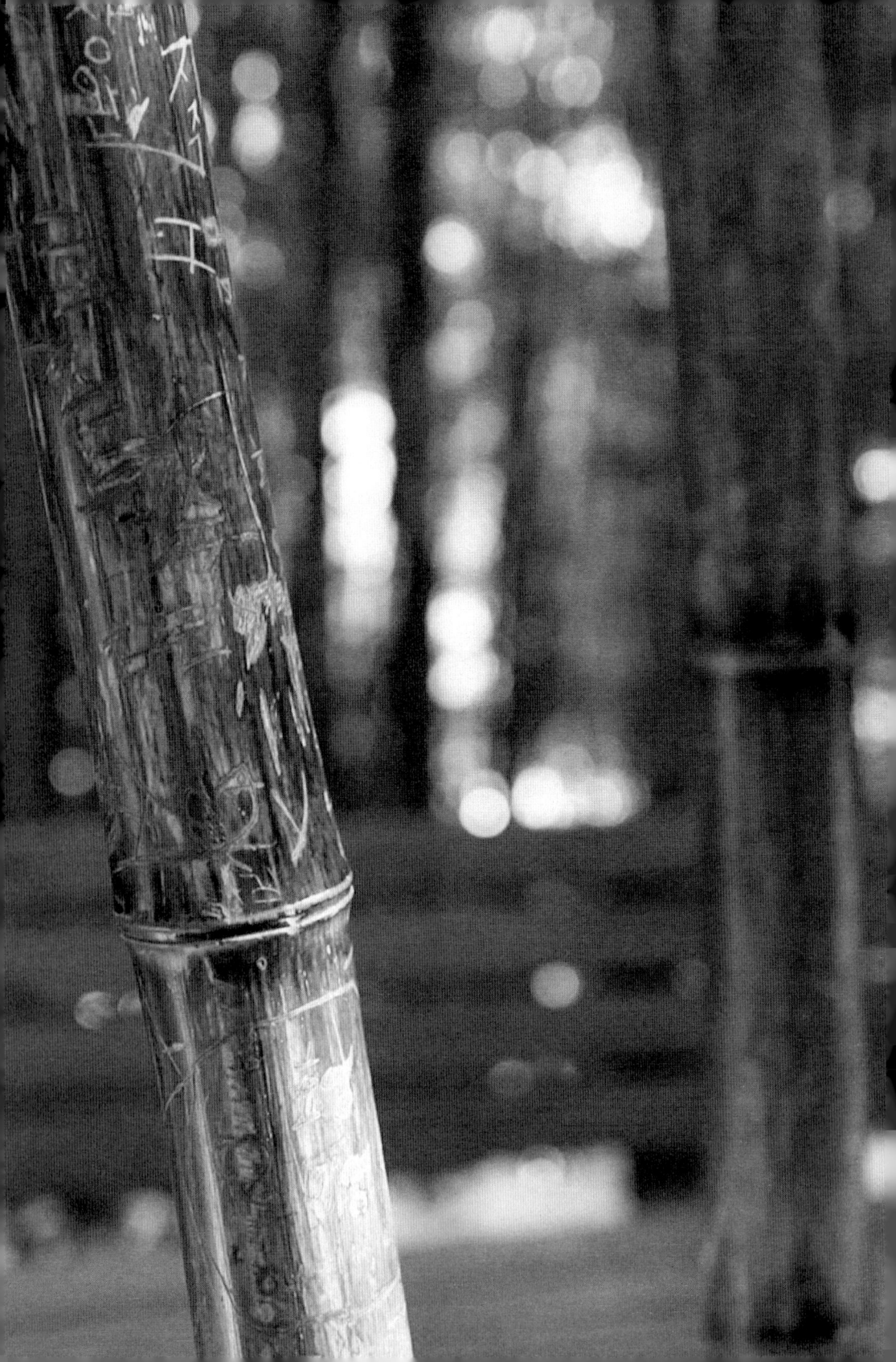

'비온 뒤에 땅은 디 단단히 굳는디.'

빗물이 떨어져 와 흉터를 남기고,
난도질당한 듯 사람들의 무수한 발자국과
여기저기 앞 다투어 그어놓은 자동차 바퀴자국들로
한 군데, 성한 곳 없이 멍에와 상처투성이입니다.

다시금 웃는 얼굴로 당신에게 돌아온다 하더라도,
지울 수 없는 상처와 흉터가 남아 있는 것입니다.

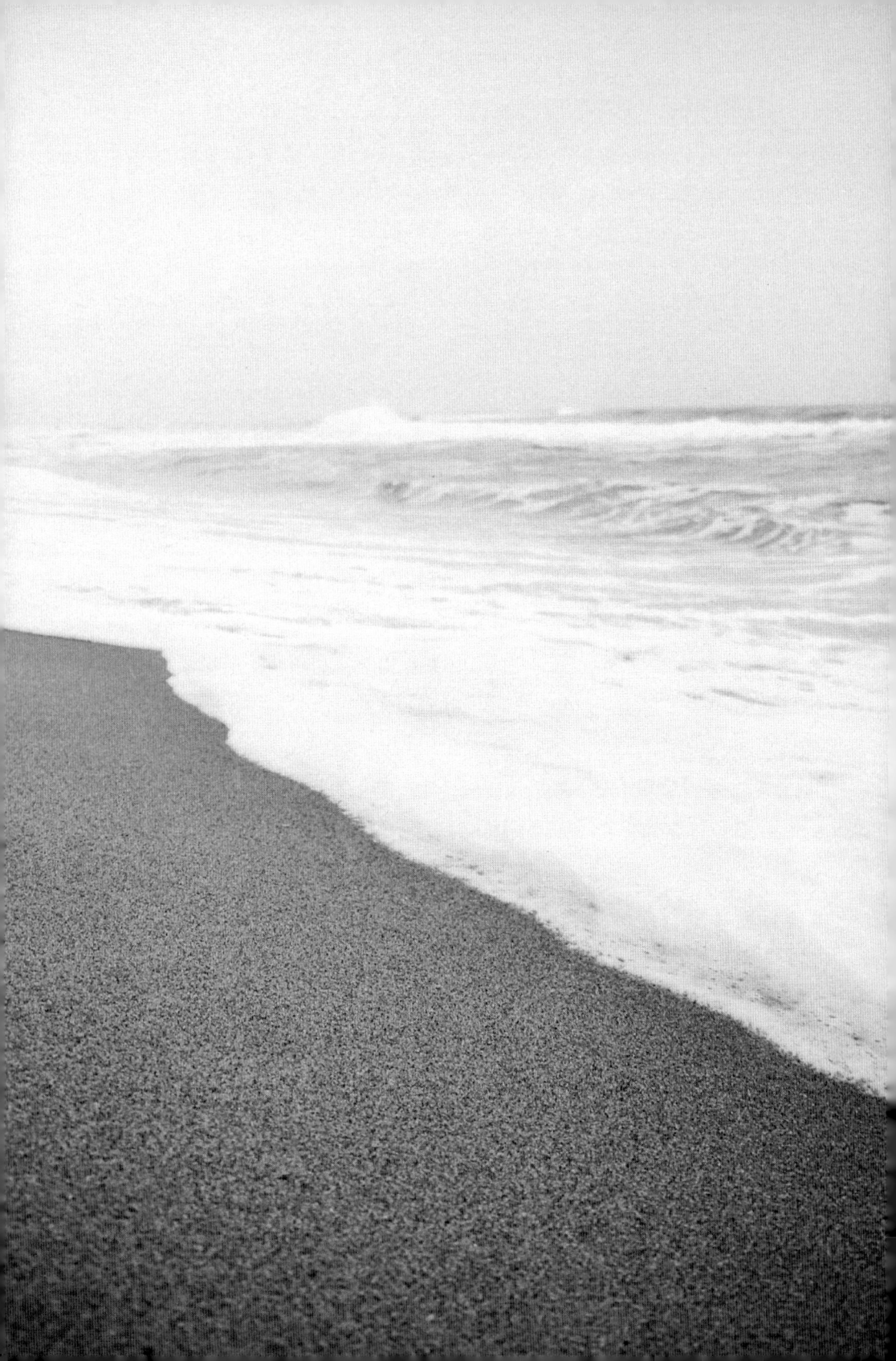

더 나은 내가 되어보겠노라 자신하며
더 나은 내가 되어보겠노라 되뇌고

세상에 홀로 남더라도
세상에 홀로 서더라도

세상 누구 하나 거들떠보지 않더라도
'나'만은 나를 의심치 않기를.

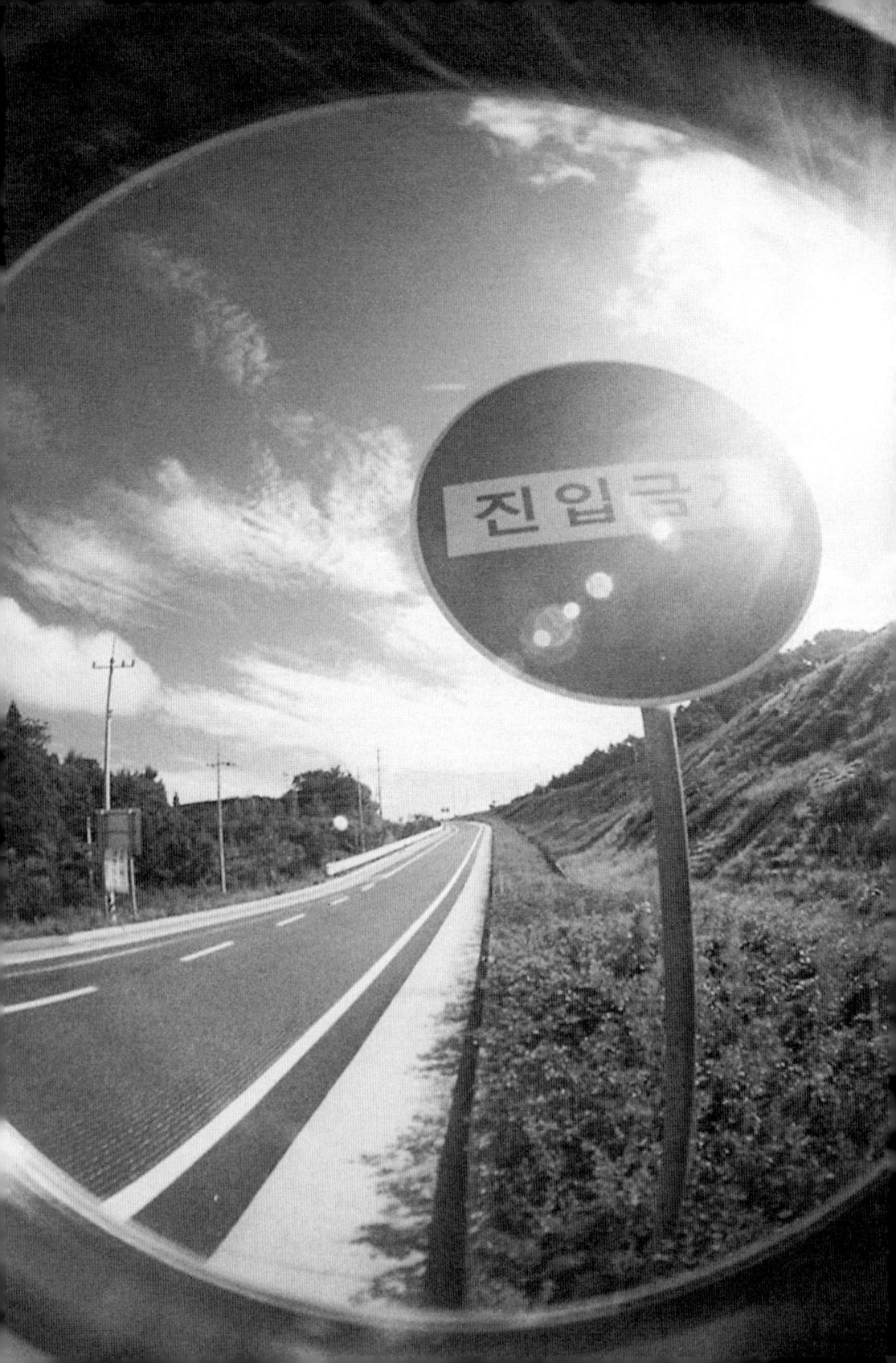

각자의 자리에서 걸어가고 있는 사람들을 바라본다.
남들보다는 빠른 걸음을 옮기는 사람도 있고
조금은 더딘 걸음을 옮기는 사람도 있다.

스무 살, 한때 그런 생각을 했었다.
내가 너무 뒤쳐져 걸어가고 있는 건 아닌지,
느려진 걸음을 맞추기 위해
여유는 잊은 채 숨 가쁘게 달려야 하는 건 아닌지.
안절부절못하는 내 모습을 보았다.

그러다 문득 이런 생각이 들었다.
지금 내 앞을 걷고 있는 사람들은,
혹은 내 뒤에서 걸어오고 있는 사람들은
지금 어디를 향해 걸어가고 있는 것 일까?

모두의 목적지가 다르고 방향이 달랐다.
도착지도 물론 같을 순 없는 것이었다.

나보다 먼 길을 가야 하기에 서둘러
걸음을 옮기기 시작한 사람은 앞서가고 있는 것이고,
나보다 가까운 길을 가야 하기에 여유롭게
천천히 걸음을 옮기는 사람들이 있는 것이 아닐까.

주위의 사람들, 그리고 나.
모두의 길이 다르듯, 그 방향이 다르다.
남의 걸음 따위 중요한 것이 아니었다.

묵묵히 내가 가야 할 길을 여유롭게,
하지만 굳은 마음을 가지고 한 발 한 발
내딛으면 그뿐이었던 것이다.

인생의 마지막 고지, 오르기만 하면 되는 것이다 .
빨리 올라야만 한다고 정해진 룰은 없다 .
조바심 갖지 말고 천천히.

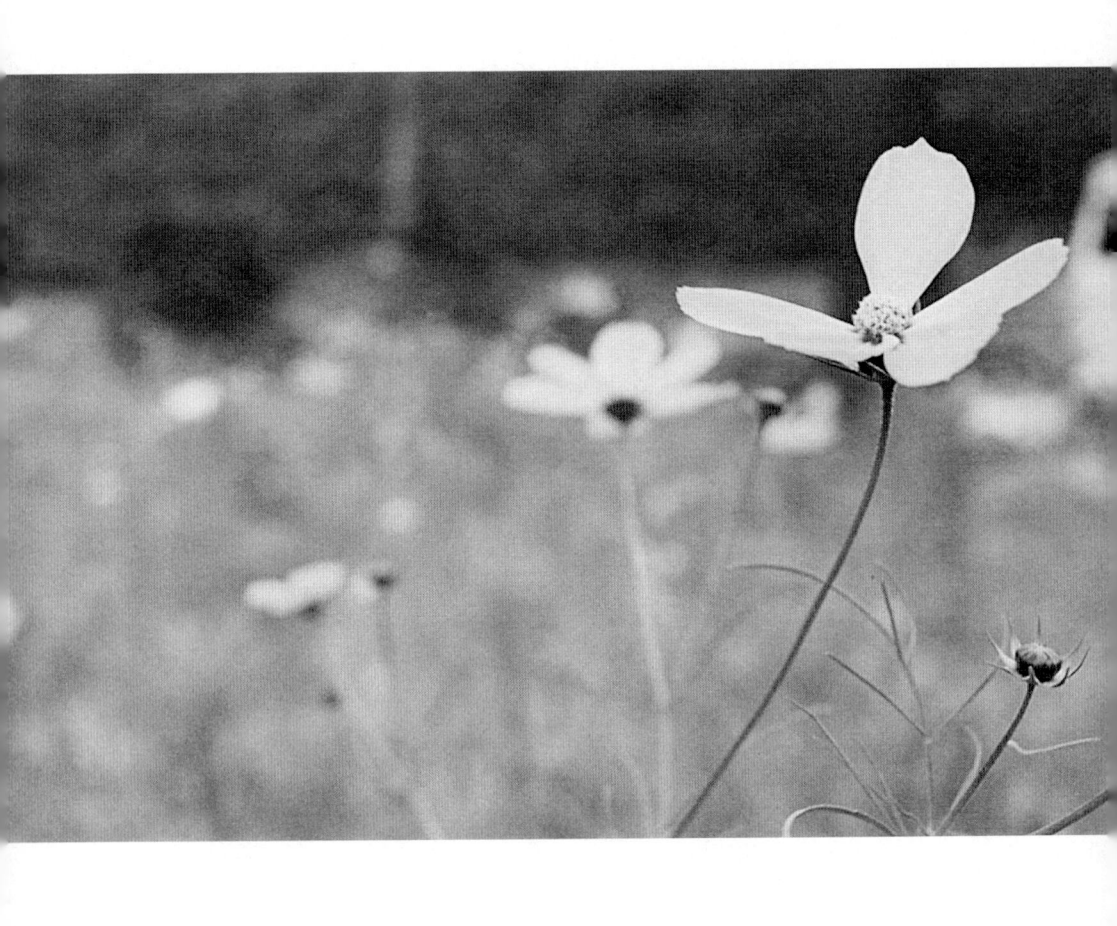

사람이라면 모름지기
전체를 바라볼 줄 알아야 하고

그 속에 아주 작은
그 무엇인가를 찾아낼 줄 알아야 하며

그 작은 무엇인가를
내 안에 담을 줄 알아야 한다.

기쁨의 조각, 슬픔의 조각
사랑의 조각, 이별의 조각

수많은 감정과 감성의 조각들
그리고 수많은 기억과 추억의 파편들.

살아간다는 건 하나의 감정을
짜깁기해 나가는 것이 아니다.

행복하기 위해서는
슬픔도 분노도 알아야 하는 것이다.

그렇게 인생이라는
한편의 드라마가 진행되는 것이다.

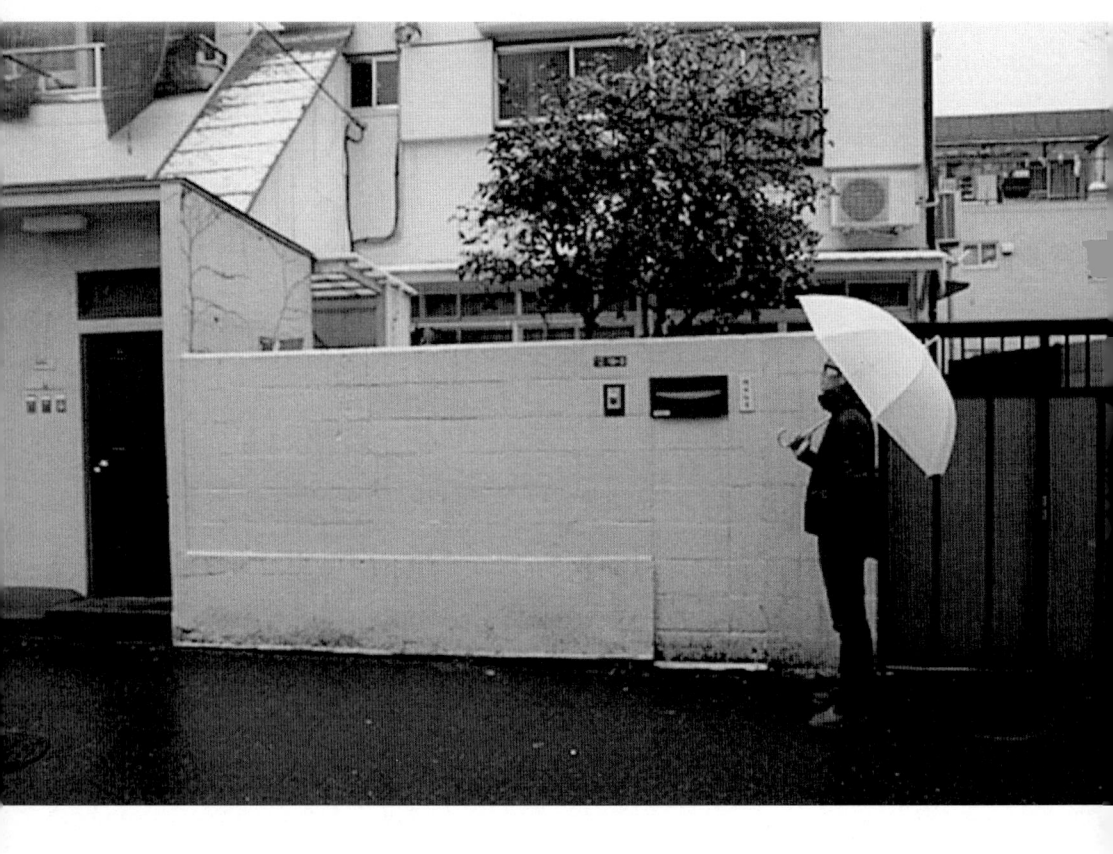

무수한 방황이 있었고, 또한 무수한 방황이 남아 있다.

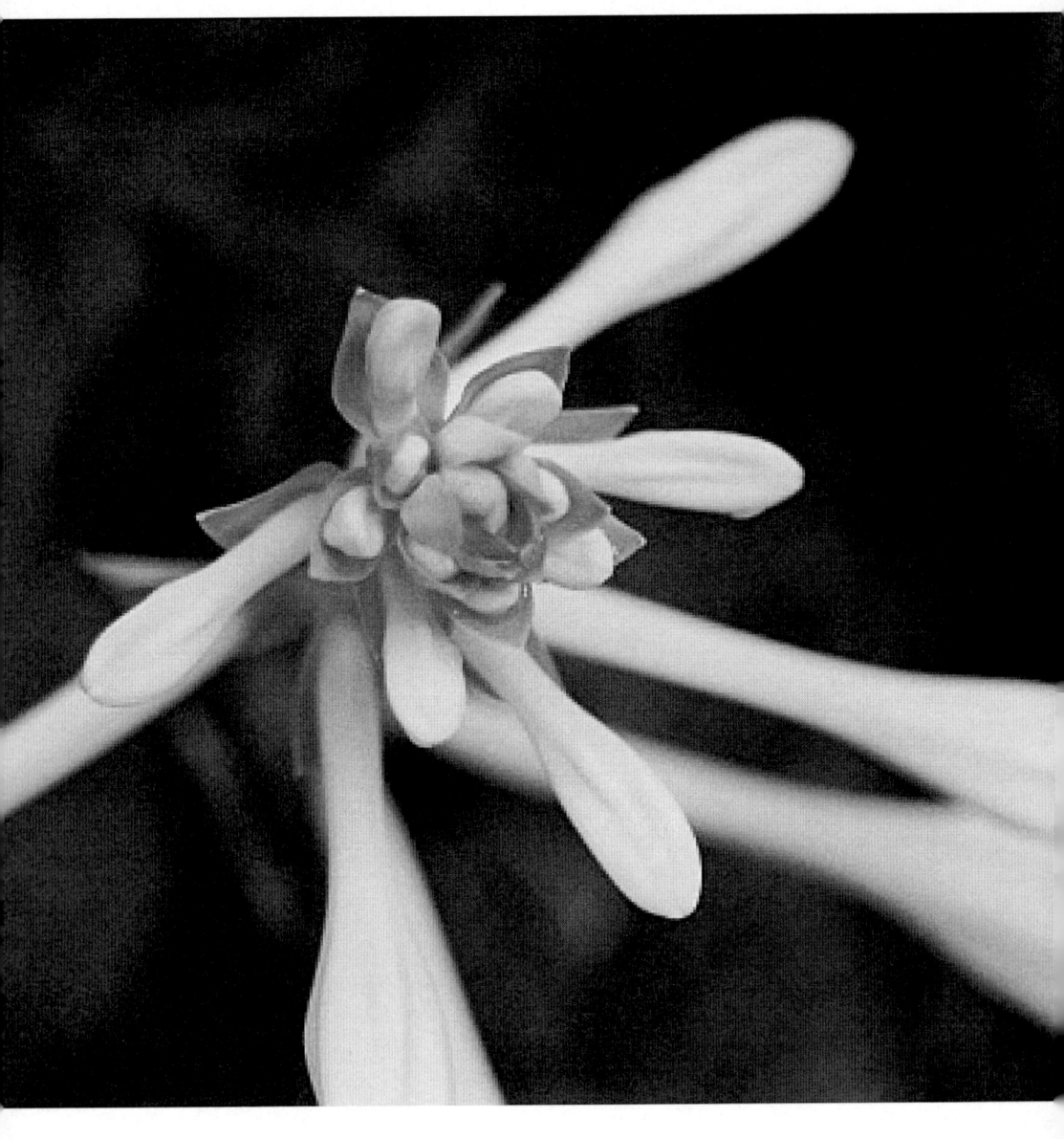

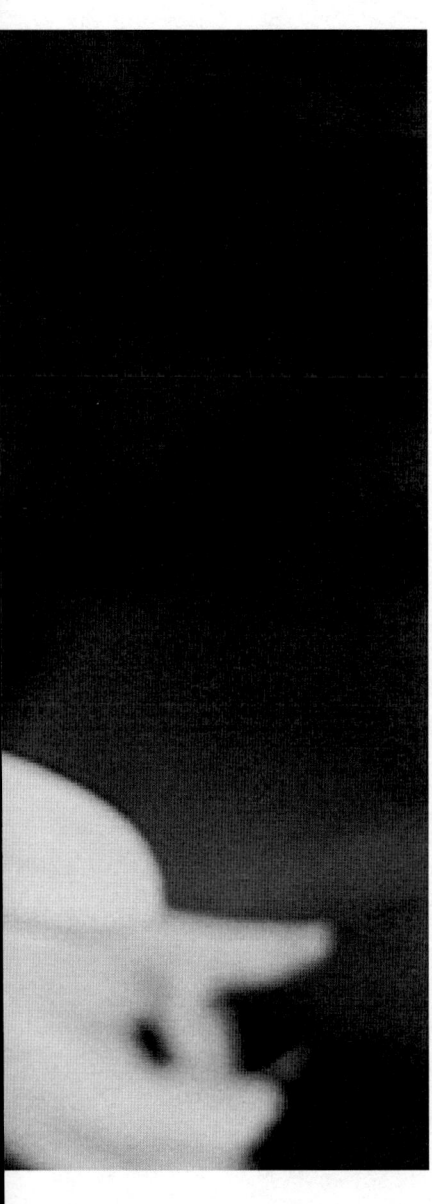

사람은 성장하며 그 나름의 고민을 간직한다.
사람은 늙어가며 그 나름의 아픔을 간직한다.

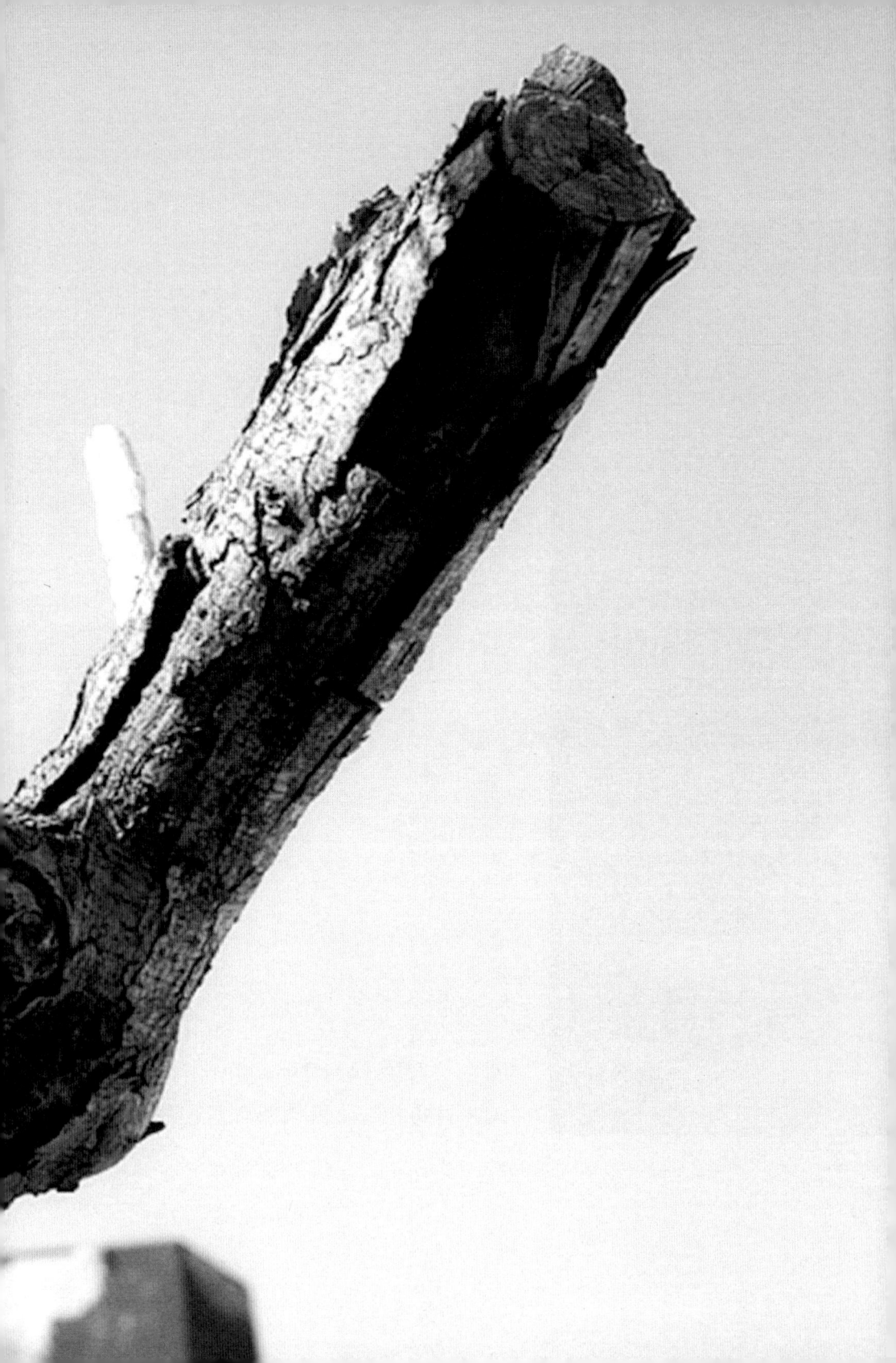

언제까지가 자라나는 것이고
언제부터가 늙어가는 것일까.

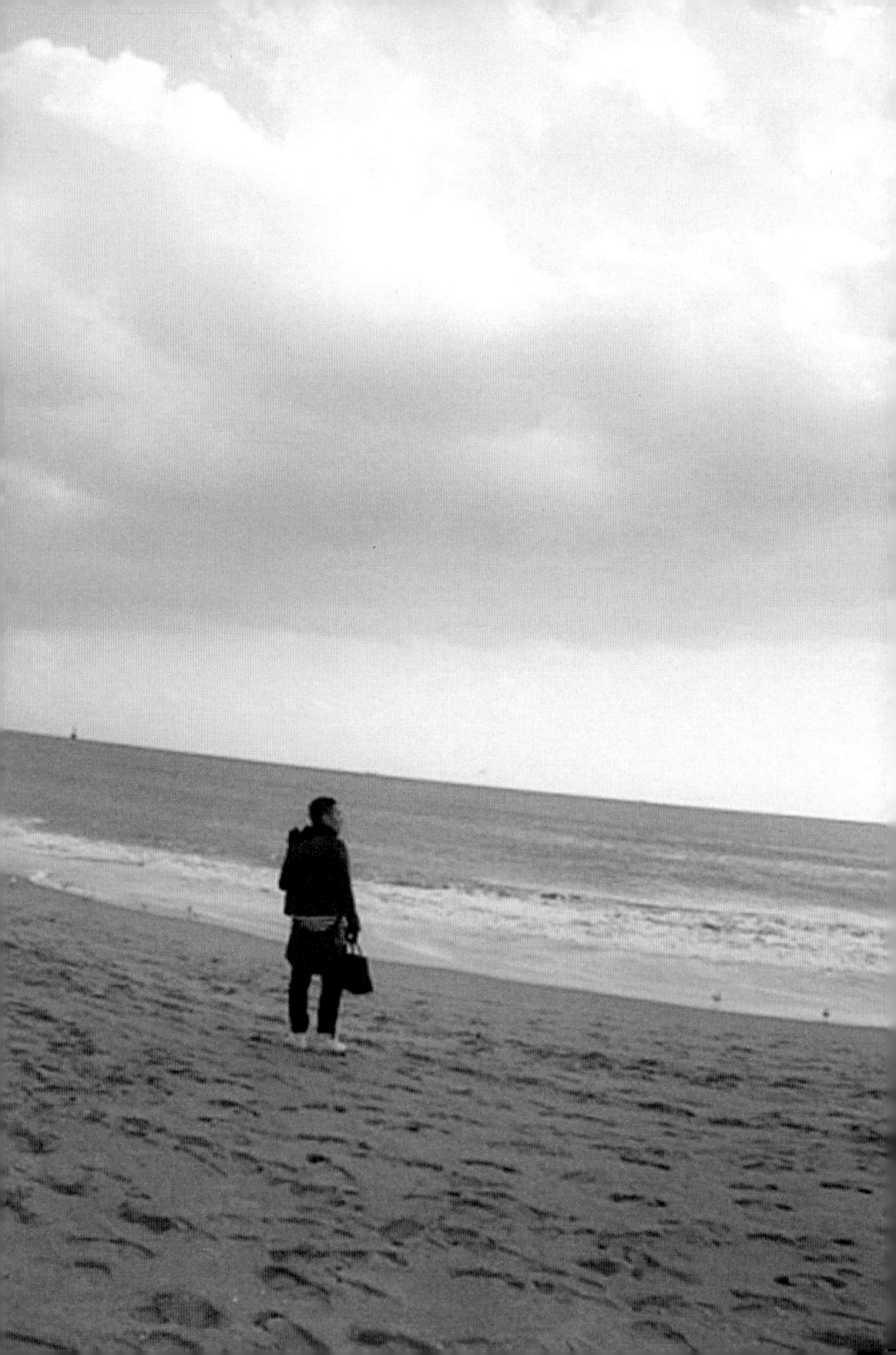

계단이 남은 줄 알고 무심코
헛디뎠지만 헛디디지 않은 그런 어색함

그 어색함을 간직한 채
아이는 서서히 어른이 되어 간다.

'책임'이라는 무게를 짊어지고서.

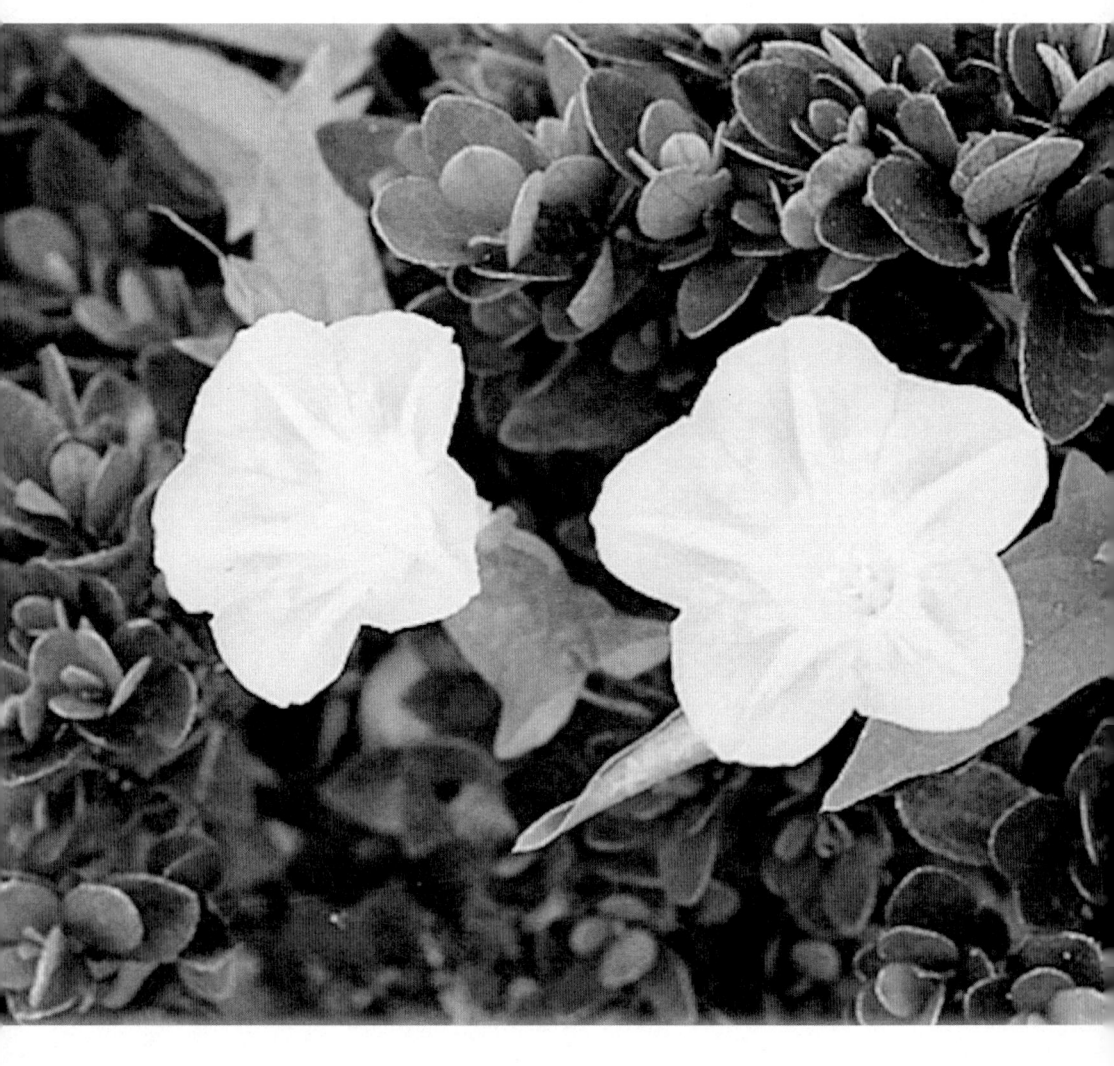

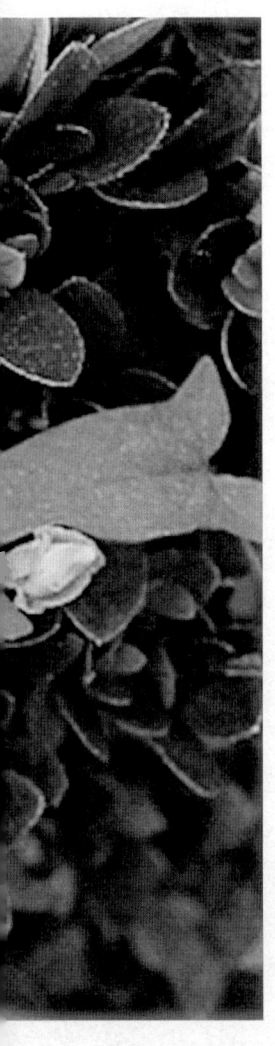

한겨울의 추위 속에도 해는 뜨고
한밤중의 차가움에도 달은 뜨더라.

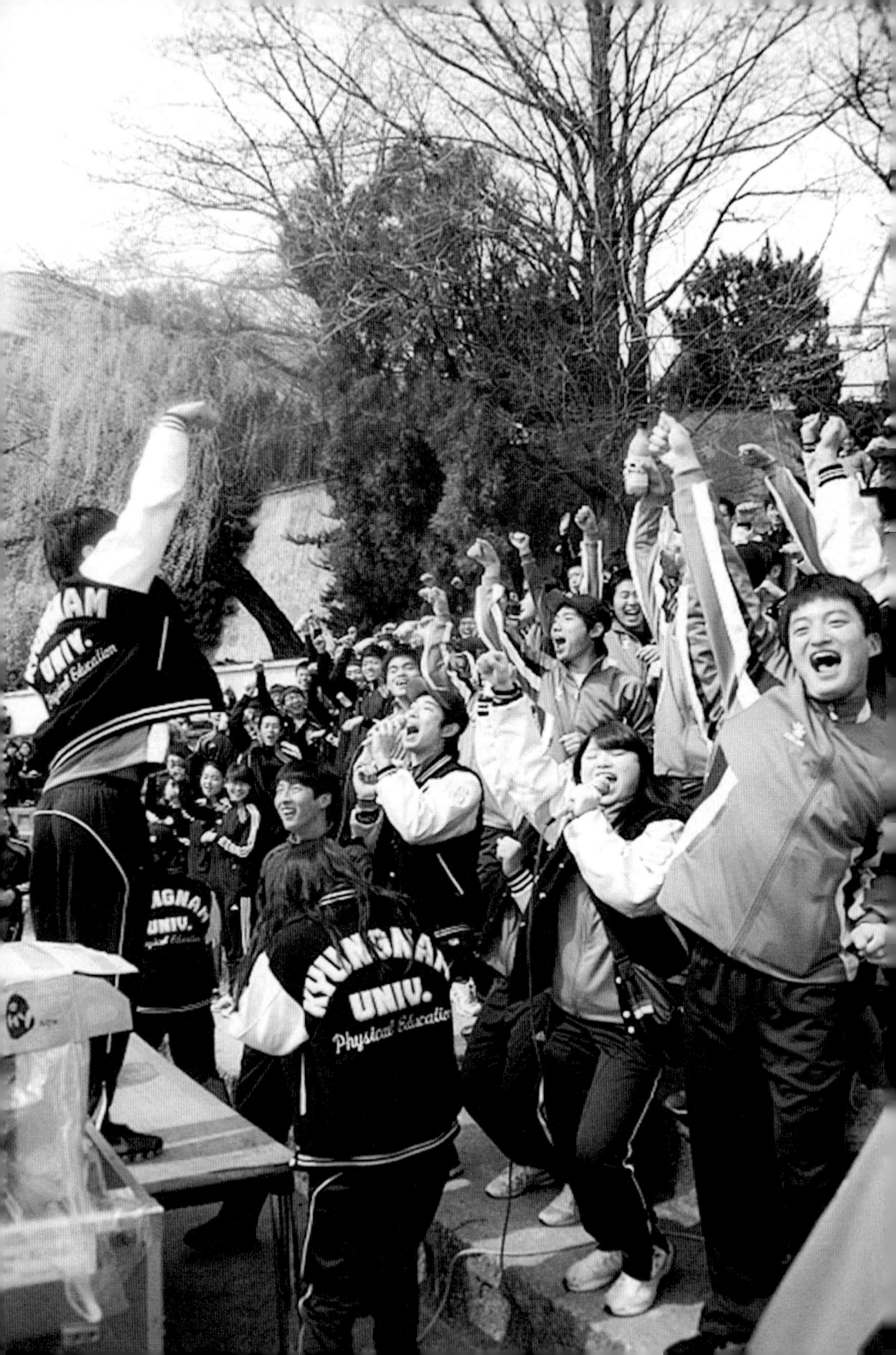

그래도, 인생은 아름답다.
그래서, 오늘도 힘을 낸다.
그리고, 내일은 흥분된다.

나, 너 그리고 우리에게 힘을!

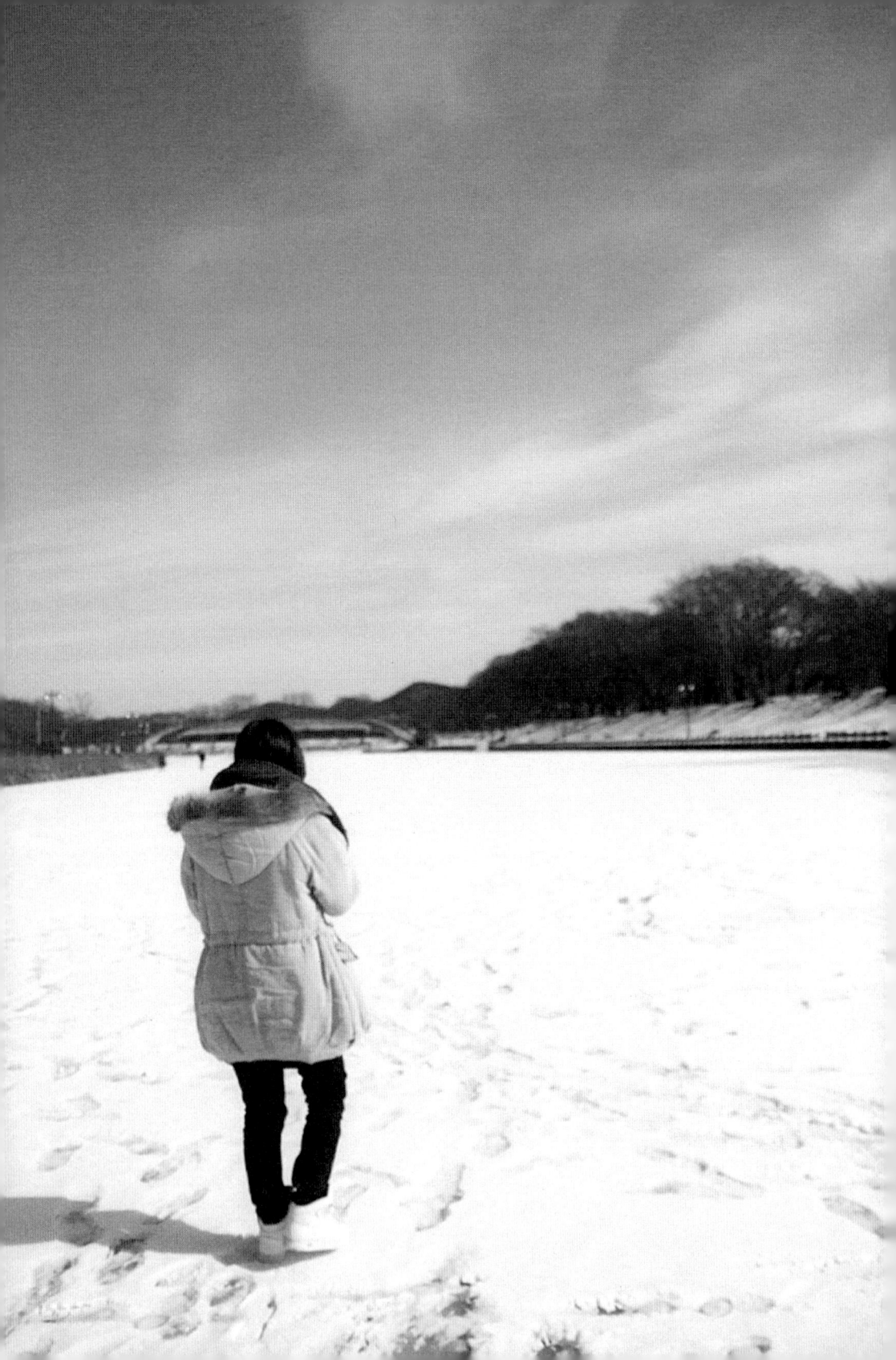

이 겨울이 지나가면, 반드시 봄이 온다.

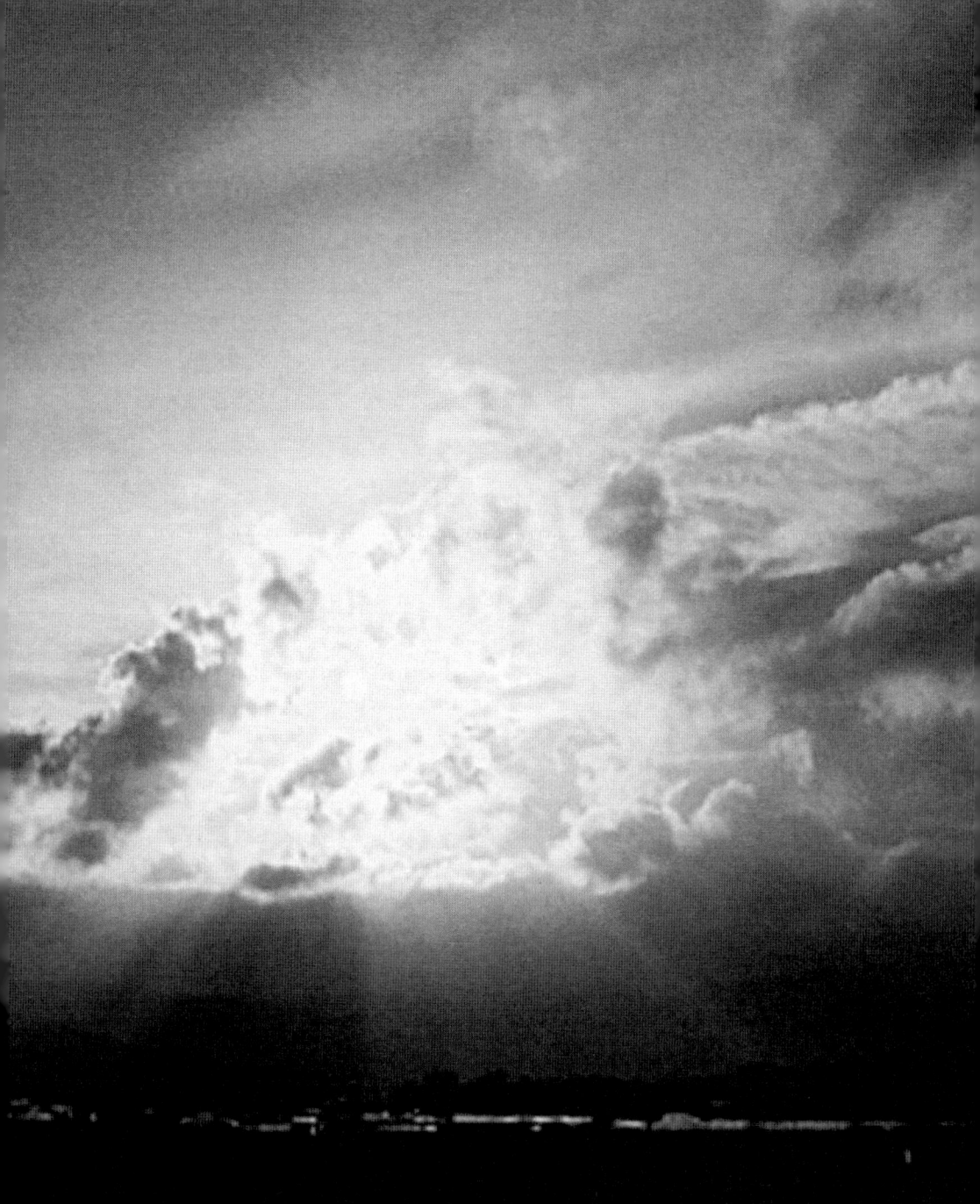

내일을 희망하기.